여행을
믿는다

여행을 믿는다
글 쓰는 엄마와 책 읽는 딸이 먼 곳에서 보낸 멋진 나날

1판1쇄 펴냄 2016년 7월 25일

지은이 이재영

펴낸이 김경태 | **편집** 홍경화 김은영 전민영 성준근
디자인 박정영 | **마케팅** 박정우 곽근호 윤지원
펴낸곳 (주)출판사 클
출판등록 2012년 1월 5일 제311-2012-02호
주소 03385 서울시 은평구 연서로26길 25-6
전화 070-4176-4680 | 팩스 02-354-4680 | 이메일 bookkl@bookkl.com

ISBN 979-11-85502-41-0 03810

이 도서의 국립중앙도서관 출판예정도서목록(CIP)은 서지정보유통지원시스템 홈페이지(http://seoji.nl.go.kr)와 국가자료공동목록시스템(http://www.nl.go.kr/kolisnet)에서 이용하실 수 있습니다.(CIP제어번호: CIP2016016932)

여행을
믿는다

글 쓰는 엄마와 책 읽는 딸이
먼 곳에서 보낸 멋진 나날

이재영 지음

프롤로그

지금 나는 북유럽에 앉아 이 글을 쓰고 있다. 노르웨이도 스웨덴도 덴마크도 핀란드도 아니다. 이곳은 경기도 가평 어디쯤이다. 비행기가 아닌 버스를 타고 가는 북유럽이다. 그러니까 북유럽은 얼마 전 문을 연 시골의 작은 책방이다.

Book You Love, 당신이 사랑하는 책. 남편과 함께 12평짜리 작은 책방의 주인이 됐다. 책방 문을 연 이유는 개인적인 것과 사회적인 것으로 나뉜다. 사회적이라고 하니 뭔가 거창해 보이지만 대단한 건 아니다. 초등학교 4학년이 된 아이가 곧 중학교에 가고 고등학교에 갈 텐데 마을에 서점 하나 없는 게 안타까웠다. PC방과 노래방은 있지만 책방이 없는 마을의 아이들이 많이 안쓰러웠다. 온통 개발 붐으로 들썩이는 고속도로변 마을에 밥집과 부동산만 넘쳐날 뿐 서점이 생길 기미가 보이지 않았다. 그래서 "그냥 우리가 내자, 서점." 이렇게 됐다. 북유럽이 마을 아이들에게 새로운 세상을 만나는 입구가 되었으면 한다. 그런 역할을 하고 싶다. 이게 사회적인 이유의 전부다.

개인적인 이유는 여러 갈래로 나뉘는 데 노후 대비가 한몫했다. 여기서 노후 대비는 떼돈을 버는 게 아니다. 이미 자영업으로 쓴맛을 본 여러 지인이 혀를 차며 걱정을 태산같이 해줬다. 요즘 뜨는 아이템도 아니고 디지털 시대에 책방이라니. 북유럽은 주변의 한숨 속에 태어났다. 그러나 우리의 목표는 당장의 수익이 아니다. 다만 나이 먹어서도 일할 수 있는 터전을 만들고 싶다. 오래도록 잘 가꿔 그 목표를 꼭 이루었으면 한다.

또 다른 이유는 내 글을 많이 소개하고 싶어서다. 책방 주인이라고 하니 이미 낸 두 권의 책에 제법 관심을 가져줬다. 읽은 사람들은 글이 재미있다며 반응을 보였다. 그중 나를 가장 행복하게 하는 것은 "정말 위로가 돼요. 엄마 마음을 어떻게 그렇게 잘 알아요."라는 말이었다.

처음부터 고단한 육아의 짐을 함께 나누려고 쓴 에세이들이었다. 비슷한 사람들과 비슷하게 아이를 키우며 다를 것 없이 사는 이야기를 세상에 내놓는 일. 그래서 아낌없이 '동료'라 부르는 세상의 엄마들에게 '우리'의 삶이 비교적 행복하다는 걸 알게 해주는 것. 내가 원하는 것이었다.

이번 책도 다르지 않다. 누구나 겪을 수 있지만 많은 사람들이 놓쳤거나 놓칠 뻔 했던 작은 행복들을 넣었다. 평범한 '한 아이'와 엄마로 살아가는 '한 여자'의 성장이 낯선 이국 여행을 통해 어떻게 기억되는지를 담았다. 그래서 꺼내놓고 싶지 않은 개인사도 홀랑 벗겨 내놨다. 때론 슬프기도 했던 나의 여행을 통해 여행은 그 자체만으로 위로와 치유가 된다는 걸 많은 사람들이 알았으면 좋겠다.

유명하고 유능한 셰프의 코스 요리는 아니지만, 언제 먹어도 소화 잘되는 편안한 밥을 짓고 싶었다. 격식 차리지 않고 훌훌 한술 떠넣어 허기를 달래는 상을 차리고 싶었다. 나의 글을, 동료들이 맛있게 먹어줬으면 좋겠다. 다 먹고 소화시키러 버스 타고 북유럽에 마실 오면 더 좋고.

하늘과 호수와 숲과 이야기가 있는
북유럽에서

차례

2

캘리포니아

미국

3

하와이

미국

1

바르셀로나와 말라가

스페인

태양과
가까운 곳,
바르셀로나

그곳이 스페인 광장이라는 걸 한눈에 알 수 있었다. 바르셀로나는 처음이었다. 그러나 어쩐지 낯이 익었다. 버스가 로터리에 진입해 빙그르르 반을 돌며 지날 때 대각선으로 보이던 붉은색 커다란 건물은 투우장을 개조했다는 쇼핑몰 아레나였다. 누가 알려주지 않았는데 시선은 미리 경험한 듯 그것을 좇았다.

이런 경험은 두번째였다. 첫 경험은 풍경이 아닌 사람. 20년 전 강의실 맨 뒷자리에 앉아 커다란 가방에 턱을 괴고 있던 복학생 오빠. 처음 보는 사람인데 너무 익숙해서 가서 말을 걸 뻔했다. 저 사람을 어디서 봤더라, 기억을 찾을 수 없어 개강 파티 때 물었다.

"혹시 나 알아요?"

한동네에 살았다는 거짓말에 속아 만취가 된 그날 이후, 그 인연은 지금까지 이어졌다. 알고 보니 그와 나는 살면서 한 번도 시간이 겹친 적이 없었다. 그저 그 오빠가 흔하게 생긴 얼굴이었을 뿐. 생전 처음 온 스페인 광장을 가로질러 카탈루냐 광장으로 향하는 버스 안 옆자리에는 그와 꼭 닮은 아홉 살짜리 딸이 앉아 있다.

아이는 아빠와 꼭 닮았지만 피부색만큼은 나를 닮아 흔한 외모는 아니다. 우리는 둘 다 집시의 피부색을 가지고 있고, 이 유전자는 스물아홉에 청상과부가 된 뒤 집시보다 더 자유롭게 하고 싶은 대로 하고 사신 외증조할머니로부터 물려받았다. 할머니는 '홀어미' 타이틀을 전면에 내세워 자식들에게 용돈 받아내기, 못생긴 딸 구박하기, 세뱃돈 주고 싶은 자손만 골라 주기, 과일 박스 예뻐하는 자식에게만 보내기, 장손 신혼집에 함께 살기 등을 거침없이 해내신 분이다. 게다가 매일 2홉들이 소주 2병과 콜라 2병을 비타민 챙기듯 드셨는데, 돌아가실 때까지 그 흔한 위장병 한 번 안 걸렸다. 역시 사람은 본인이 하고 싶은 걸 하고 살아야 한다는 걸 몸소 자손들에게, 특히 나에게 일깨워주신 분.

피부색뿐 아니라 막무가내 기질까지 증조할머니를 닮아 하고 싶은 것은 하고, 가고 싶은 곳은 가야 하는 나는 또 이렇게 낯선 곳에 아이의 손을 잡고 있다. 어딜 가나 잘 먹고, 잘 자고, 걸어야 하면 걷고, 쉴 때 즐겁게 쉬는 아이. 주변에서 '비현실적'이라고 말할 정도로 말 잘 듣는 착한 딸. 뺑쟁이 복학생 오빠와의 인연이 준 내 인생 최고의 선물.

바르셀로나 한복판을 지나면서 그와 그랬듯 이 도시와도 어떤 깊은 인연이 생기길 바랐다. 공항에 도착하면서부터 난 이 도시가 좋았다. 비행기에서 내리면서 숨을 크게 쉬어 후각으로 먼저 도시를 만났다. 바르셀로나에서도 역시 그만의 향이 났다. 따뜻하면서 텁텁하지 않고 부드러운 봄바람 향기. 우선 그게 마음에 들었다. 달력은 겨울의 복판이었고, 우리는 추위가 위세를 떨치는 프라하를 경유해서 오는 길이었다.

태양 모자를 쓴 듯 바르셀로나는 어디든 환했다. 건물 곳곳에 심어져 있는 레몬나무도 그랬고, 건물 빛깔도 대부분 노랑을 베이스로 한 것 같았다. 오스트리아의 여제였던 마리아 테레지아가 좋아했다는 동유럽의 마리아 테레지아 옐로와는 다른 쨍하면서 조금 그을린 듯한 노랑이 도시를 뒤덮고 있었다. 어쩐지 그것도 우리와 어울리는 것 같아 좋았다. 태양 빛과 가까운 바르셀로나의 색은 우리 모녀에게 친근해서 포근했다.

커다란 로터리를 빠져나온 버스는 포근한 공기를 따라 계속

직진했다. 우리가 가르는 바람 양옆에는 건물이 빼곡했다. 바르셀로나의 건물은 대부분 도로를 향해 발코니가 나와 있었는데 곳곳에서 헐거운 옷차림의 사람들이 그저 가만히 앉아 맥주를 마시거나 신문을 읽고 있었다. 창문을 꼭꼭 닫아 건 채 우아하고 품위 있는 모습으로 자신들만의 세상을 벽 뒤로 숨겨놓는 여느 유럽의 대도시와 달랐다. 예상은 빗나가지 않았다. "올라(Hola)!" 발랄한 인사를 명랑하게 건네며 우리는 그 도시에 자연스럽게 합류했다.

바르셀로나

봄 향기

따뜻한 곳으로 가고 싶어 스페인 남부 안달루시아 여행을 계획했을 때 가장 당황스러웠던 것은 바르셀로나에 직항이 없다는 것이었다. 몬주익 언덕을 달리던 황영조 선수 덕분에 아직도 "바르셀로나 바르셀로나…." 하는 1992년 올림픽 공식 음악이 입가에 맴도는데, 그 익숙한 도시로 단번에 가는 비행기가 없었다. 마드리드로 들어가 국내선으로 갈아타고 최종 목적지 말라가로 가는 방법이 있었지만 꼭 바르셀로나를 거쳐 가고 싶었다. 지중해 여행은 지중해로 시작해야 했다. 궁리 끝에 이번에도 베이스캠프를 거치기로 했다.

유럽 여행을 할 때 프라하는 나에게 베이스캠프다. 그곳에 내 오랜 인연인 대모님이 살고 있기도 하고, 무엇보다 거의 매일 인천에서 출발하는 직항이 있는 도시이면서 유럽 다른 지역과 교통망이 잘 연결되어 있다. 만약 대모님이 파리에 있었으면 파리가, 런던에 있었으면 런던이, 프랑크푸르트에 있었다면 그곳이 나의 베이스캠프가 되었을 것이다. 아이를 데리고 경유를 한다는 건 매우 큰 에너지를 소비하는 일이니까.

스페인 여행을 계획할 수 있었던 것은 베이스캠프를 중심으로 이미 긴 여행을 한 번 거쳤기 때문이다. 입학을 앞둔 여덟 살 겨울, 우리는 둘 만의 첫 유럽 여행을 다녀왔다. 비행시간이 서너 시간 내외인 휴양지나 가까운 일본은 무리 없이 다녀봤지만, 열 시간은 처음이었다.

'지루하다고 칭얼대면 어쩌지?' '비행기에서 잠을 못 자고 힘들어 한다면?' '갑자기 배가 아프다거나 열이 나면 어떻게 해야 할까?' '시차를 적응하지 못해 고생하면 그때는?'

그러나 이 모든 게 나의 기우에 불과했다. 날 때부터 디지털 세대인 아이는 눈앞의 모니터로 어린이 영화를 찾아보고 게임을 하며 비행시간의 반 이상을 태평하게 심지어 아주 즐겁게 보냈다. 말만 하면 꿀땅콩과 단 주스를 가져다주는 예쁜 이모들이 있고, 미리 신청해둔 선물 보따리 같은 키즈밀 세트에는 초콜릿과 과자가 잔뜩 들어 있었다.

게다가 좌석 사이에 있는 팔걸이만 올리면 다리를 쭉 뻗어 잘 수도 있는, 이코노미석에도 끄떡없는 작은 사이즈는 긴 비행의 특혜였다. 비행기에 내려서도 마찬가지. 적응이 필요한 세포 면적이 상대적으로 작아서인 걸까. 아직 모든 걸 있는 그대로 흡수할 나이여서일까. 어찌된 일인지 시차도 바로 적응했다. 이번에도 다르지 않았다.

프라하에 무리 없이 도착해 며칠 긴 비행의 여독을 풀었다. 바츨라프 광장과 구시가와 카를 다리는 여전히 아름다웠지만, 역시나 추웠다. 몸을 꽁꽁 싸매고 발을 동동 구르며 만나는 아름다움은 변신 전의 재투성이 아가씨처럼 초라했다. 어서 빨리 따뜻한 햇볕이 내리 쬐는 곳으로 가야지.

서둘러 바르셀로나로 향하는 저가항공을 예약했다. 하벨 공항을 출발한 비행기는 빠르게 봄을 향해 날아갔다. 그렇게 겨울 나라에서 출발한 지 두 시간 만에 따뜻한 봄의 향기를 맡았다. 드디어 봄이었다. 프리랜서 글노동자로 '삯글'을 쓰며 일하는 나에게 겨울은 그 자체로 재앙이었다. 도시의 아파트와 달리 겨울바람이 곳곳에서 출몰하는 시골 단독주택에서 방학을 맞은 어린아이를 돌보며, 추위에 어깨를 잔뜩 웅크리고 일해야 하는 시간의 연속. 눈이라도 내리는 날이면 고속도로를 이용해 서울까지 일하러 나가는 시간은 두 배. 왠지 모를 우울

함에 도무지 진도가 나가지 않는 일. 어둠은 빨리 찾아오고, 몸을 덥힌 뒤 일하겠다며 마신 술 한 잔에 뻗어 마감에 임박해 원고를 넘기기 수차례. 추위에서 벗어나니 당장이라도 책 한 권을 쓸 수 있을 정도의 의욕이 넘쳤다. 역시 나는 봄이 잘 맞아. 정말 좋다, 봄 향기.

유쾌한
여행
친구

소울이와 낯선 도시에 도착해 짐을 풀고 거리로 나올 때마다 신기한 경험을 한다. 아이의 표정은 언제 어디고 마치 제집 앞처럼 해맑다. 그 덕에 '와본 곳이었나' 생각하며 긴장을 푼다. 수많은 여행 파트너가 있었지만 그중에서도 최고는 우리 딸이다. 작은 것에도 깡총깡총 뛰고 박수를 치며 좋아하는 이 아이가 있어 낯선 땅에 쉽게 마음이 열린다.

어려서 모르는 사람과 눈 마주치는 게 싫어 엘리베이터만 타면 작은 손으로 자기 눈을 가리던 아이가 이렇게 활발해진 건 이만큼 자라서일까? 아니면 여행 덕분일까? 어느 쪽이든 긍정적으로 변했으니 엄마인 나는 그저 좋을 뿐이다.

바르셀로나에서도 다르지 않았다. 람블라스 거리 근처에 있는 호텔에 짐을 풀고 좁은 골목으로 나서자마자 아이는 환하게 웃으며 겅중댔다. 뭘 먹고 싶으냐 했더니 무엇이든 좋다며 또 씩 웃었다. 향신료 샤프란으로 쌀에 색을 입히고 고기나 해산물을 얹어 익힌 스페인 대표 요리 파에야를 기다리면서, 난생처음 그 음식을 먹으면서 아이는 환한 웃음을 갱신했다.

그 웃음을 보며 한결 가벼워진 마음으로 밤의 람블라스 거리를 걸었다. 1.2km의 람블라스 거리는 저마다의 우주로 북적였다. 각자의 역사를 가진 여러 나라 사람이 거리를 가득 메웠다. 현지인과 여행객, 어떤 사람은 혼자 걸었고, 다른 누군가는 무리를 지었다. 겨울밤이라고 믿겨지지 않는 따뜻한 그 거리엔 수많은 우주가 별처럼 반짝이고 있었다. 차가 다니지 않는 넓지도 좁지도 않은 가로숫길 사이로 사람들이 빽빽하고, 그 밖으로는 오래된 건물과 골목이 거리를 마주보고 서서 서로 자신에게 오라고 사람들을 유혹했다. 그 유혹을 견디지 못하고 우리는 열 발자국에 한 번씩 새로운 골목을 들어가보고는 했다. 비슷한 듯하면서도 제각각인 골목에는 또 다른 우주가 펼쳐졌다.

이 골목 저 골목 기웃대다 바닷가와 맞닿은 거리의 맨 끝 콜럼버스 동상 앞에 섰을 때 소울이는 까르르 웃으며 똑같은 포즈를 취했다.

"이 사람 누군지 알아?"

"그럼, 미국 땅 발견한 아저씨잖아."

오기 전 《먼나라 이웃나라: 에스파냐》를 읽고 오길 잘했다. 신대륙이 아닌 미국 땅을 발견했다고 말하니, 콜럼버스에게 '아저씨'라는 호칭이 썩 잘 어울린다. 미국 땅 발견한 아저씨, 어감만으론 TV프로그램 〈세상에 이런 일이〉에 나올 법한 느낌이다. 사실 아이가 초등학교에 입학하고, 학생과 학부모가 된 후 친분이 잘 유지되고 있는 건지 궁금했다. 그런데 생전 처음 온 도시의 어둠 속에서 아이와 손을 잡고 웃으며 우린 아직 괜찮다는 확신이 생겼다. 학생과 학부모가 친구처럼 같이 웃을 수 있다면 그걸로 된 게 아닐까?

익숙하지 않은 아니 생전 처음 발을 디딘 도시에서 소울이는 여전히 유머 넘치고 유쾌한 여행 친구였다. 많이 걸어도 조금 지쳐도 음료수 한 잔이면 눈이 보이지 않게 웃고 다시 힘을 얻는 에너자이저. 처음 만난 도시에서 울고 떼쓰는 것보다 웃고 즐기는 일이 더 행복한 일이라는 걸 가르쳐주지 않아도 잘 아는 현명한 친구. 이봐 친구, 미국 땅 발견한 아저씨가 살던 동네 구경 잘 해보자고. 해가 뉘엿거리고 갈매기들도 퇴근을 하려는지 분주한 바르셀로나 부두 근처에서 우리는 각자 다른 이유로 실실댔다.

바르셀로나

우리의 기도

"뭐라고 기도했어?"

"태윤이랑 나랑 다 나아서 달리기 3등 하게 해달라고 했어."

결핵성 뇌수막염 후유증으로 몸속에 보조장치를 품고 있는 소울이가 입학했을 때, 우리는 길고 긴 주의사항을 써보내야 했다. 머릿속에 센서가 있으니 조심해주세요, 갑자기 고열이 나거나 구토를 하면 위험하니 빨리 연락해주세요 등등. 일상 생활에 전혀 지장 없이 건강히 지내고 있지만 부작용이 생길 만약의 경우를 대비하기 위해서였다. 그래서인지 아이는 본인 스스로 다른 아이들과 다르다는 걸 인식했다. 달리기가 느린 것도 타고난 운동신경 때문이 아니라 달라서라고 생각하는 것 같았다. 달리기와 수술은 아무런 상관관계가 없는데. 소울이는 날 때부터 움직이는 건 뭐든 느렸다. 17개월이 되어서야 뒤뚱거리며 겨우 걸었을 정도였다. 이것 참, 말을 해줄 수도 없고.

어쨌든 열 명이 한 반인 분교 1학년 중 김소울과 소아류머티즘으로 관절이 아파 잘 뛰지 못하는 태윤이는 만년 꼴찌. 성령이 충만했던 가우디가 대자연을 모티브로 설계한, 여전히 건축 중인 사그라다 파밀리아 성당에서 소울이가 한 기도는 달리기 1등도 2등도 아닌 3등이었다. 그것도 혼자가 아닌 태윤이와 나란히.

아이의 기도 내용을 듣고 무척 기뻤다. "다 밟고 1등 할 거야" "나만 1등 할래"가 아니어서 다행이었다. 도장 찍어주는 마지막 등수인 3등, 나 혼자가 아니라 같은 처지의 친구도 함께 헤아리는 소울이가 정말 사랑스러웠다.

이럴 때면 내가 정말 아이를 잘 키우고 있구나 하고 스스로 칭찬해준다. 남이 들으면 재수 없을지 모르지만 상관없다. 이러니저러니 해도 칭찬은 셀프가 최고. 나를 사랑하는 나만큼 중요한 게 나를 칭찬해주는 나. 누군가의 칭찬에 목말라 하지 않고 나에게 칭찬을 듬뿍 해주는 것은 내 육아 노하우 중 하나였다. 그리고 이것이 내 아이에게 행복한 삶을 사는 노하우로 이어지길 바란다. 잘한 일이 있으면 스스로를 마음껏 칭찬하고, 다른 사람에게 인정받기 위한 삶이 아닌 너만의 삶을 살기를. 엉망진창 성호경을 긋고 제법 진지하게 성당을 둘러보는 사랑스러운 아이의 손을 잡고 나 또한 나의 바람을 조심스럽게 기도에 옮겼다.

가우디의 바람대로 성당 내부는 성스러움이 가득했다. 가늘고 기다란 탑들이 뾰족하게 솟아 있는 외관과 달리, 안은 전체적으로 둥근 이미지였다. 권위가 아닌 사랑을 내세우는 예수님의 삶과 더 많이 닮은 모습이었다. 그래서인지 중세에 지어진 고딕성당이나 바로크 시대의 화려한 성당들처럼 네모반듯하고 무겁지 않았다. 1층은 미사를 봉헌하는 대성당이고, 아치와 기둥이 연결된 건축 양식인 크리프타가 들어선 지하에는 가우디의 무덤과 가우디가 설계한 성당 모형이 있었다. 아직 다 지어지지 않았지만 그래도 충분히 아름다운 성당이었다. 굵은 나무를 형상화한 기둥 사이 별이 쏟아질 것 같은 천장 아래 천상으로 오르는 예수님께 성호를 긋고 "이렇게 예쁜 딸을 주셔서 감사합니다. 이 아이에게 건강을 주세요." 하고 다시 기도했다.

앞으로도 쭉 나의 기도는 이게 전부일 것이다. 아마 "더 잘 살게 해주세요, 성공하게 해주세요, 부자 되게 해주세요, 아이가 1등 하게 해주세요." 같은 기도는 영영 할 수 없겠지. 어느 성당에서라도 고상 아래 두 손을 모으면 "태윤이와 달리기 3등 하게 해주세요."라고 했던 소울이의 기도가 떠오를 테니까.

성당은 여전히 공사 중이고, 그럼에도 불구하고 찾아온 수많은 관광객으로 어수선했지만 우리는 서로 사진을 한 장씩 찍어줬다. 가우디의 숭고한 예술을 기억하기 위해, 그리고 오늘의 기도를 기억하기 위해. 물론 늘 그렇듯 아이가 찍어준 나의 사진은 그곳이 사그라다 파밀리아 성당인지 그냥 어느 도로 위인지 구분할 수 없지만 말이다.

여행을 하다보면 어렵지 않게 버스킹을 하는 음악가들을 만난다. 쓸쓸하거나 행복하거나 신나는 다양한 모습을 한 음악가들. 소울과 나는 비싸지 않은 감상료를 내고 그들의 음악을 마주한다. 알아듣지 못하지만 소리만으로 대충 그 사람이 어떤 이야기를 하고 싶은지 이해하게 된다. 음악이 흐르는 거리는 누군가의 마음을 귀 기울여보기에 좋은 연습 공간이다.

운전을 하게 되면 행동반경이 넓어지는 것처럼 여행도 떠나기 시작하면 세계가 다 내 세상이 된다. 두려워 말고, 움츠리지 말고, 시작해보자. 우리에겐 너무나 사랑스러운 작고 귀여운 친구가 있으니까.

낮잠이 있는 삶

말라가에서 우리의 숙소는 피카소가 태어났다는 집 앞의 메르세드 광장과 가까운 골목에 있었다. 그곳 벤치에 앉아 있는 피카소 동상을 등지고 왼쪽으로 직진, 다시 공원 끝에서 오른쪽 골목으로 접어들면 오토바이 주차장을 지나 바로 보이는 건물이었다. 작지만 갖출 것은 다 갖춘 깨끗한 호텔 핀토에 짐을 풀고 일용할 물과 술과 간식을 사기 위해 밖으로 나갔다. 골목은 좀 전과 달리 사람들을 지우개로 깨끗이 지운 듯 고요했다. 멀지 않은 곳에 있는 작지 않은 마켓을 찾아 들어갔을 때, 고요의 정체를 알았다. 시에스타(siesta)였다. 지중해의 뜨거운 한낮 태양 때문에 생겨난 낮잠 풍습 시에스타. 그 시간 동안 대부분 상점이 문을 닫는다. 어쩔 수 없이 피카소 생가 앞에 있는 메르세드 광장 근처 작은 기념품점에서 마켓 두 배 가격에 생수를 샀지만 나는 시에스타가 마음에 들었다.

낮잠을 잘 때면 늘 죄책감이 따라왔다. 우리에게 허용된 낮잠은 6세까지이니 '낮잠=게으름'이라는 등식에서 벗어나지 못했다. 그러나 나는 낮잠의 강한 유혹을 이기지 못하는 편이었다. 회사 생활을 할 때는 가끔 점심시간에 신사동에서 남산 소월길을 지나 광화문을 거쳐 다시 신사동으로 오는 순환버스를 타곤 했다. 맨 뒷자리에 앉아 최대한 꼬부라져서 유리창에 쿵쿵 머리를 박으며 낮잠을 자기 위해서였다. 달리는 버스에서 불편한 잠이지만, 그렇게라도 한숨 자고 나면 남은 한나절이 행복했다. 꽃이 피거나 단풍이 들 때 보이는 멋진 풍경은 덤이었다. 10여 년 동안 소월길은 참 좋은 약이었다.

낮잠은 늘 몰래 하는 연애 같았다. 그러나 아이를 낳은 후에는 달랐다. 30mL의 우유를 30분 동안 빨고 다시 한 시간 반이 흐른 후 분유를 찾는 아이를 키울 때, 생체 리듬 같은 게 나의 신체에는 존재하지 않았다. 수시로 잠이 쏟아졌다. 틈만 나면 잤고, 그것이 유일한 휴식이었다.

그즈음은 피곤과 졸음과 아직 부기가 가시지 않은 몸과 그 몸을 보고 게을러 저렇다는 손가락질까지 견뎌야 했다. 그래서 당당해야 할 낮잠이 어느 순간부터 다시 해선 안 될 금기가 되고 있었다. 아이를 낳은 지 얼마 안 돼 원상 복구된 몸으로 TV에 나와 "모유수유로 싸악 뺐어요." 하는 연예인을 볼 때마다 젖이 말라 소처럼 억지로 짜내던 유축기를 집어던지고 싶었다. 미역국도 많이 우유도 많이 물도 많이 뭐든 '많이 많이' 먹어야 나오는 내 모유와 저들의 모유는 뭐가 다른 건지, 멱살이라도 잡고 따져묻고 싶었다. 그럴 땐 답답한 마음에 먹으면 모유만 쏙 빠지고 남은 것들은 그대로 축적돼 딱 잡기 좋게 부푼 배를 잡고 흔들어댔다. 으아아아아. 내가 사람인지 짐승인지 헷갈리던 때, 시에스타를 알았다면 죄책감 따위 버려버리고 우아하게 낮잠을 즐겼을 텐데.

아침 일찍 일어나 추로스에 에스프레소 한 잔, 그리고 아침식사, 그 후 점심식사, 그 뒤 낮잠, 자고 일어나 타파스(본격적인 식사 전 술에 곁들여 먹는 적은 양의 안주)로 간단하게 요기, 밤 9시쯤부터 슬슬 저녁식사 시작이라는 스페인 사람들. 이 얼마나 인간다운 삶인가. 다시 태어난다면 꼭 안달루시아 지방 어디쯤 먹어도 살이 찌지 않고 밤새 춤을 춰도 지치지 않는 정열적이고 매력적인 여인으로 환생해야지. 저녁이 있는 삶도 모자라 낮잠이 있는 삶까지. 우리가 그런 삶을 누릴 수 없는 건 태양 때문인 건가. 아니면 태도 때문인 건가. 우리는 아침부터 밤까지 바쁘게 움직여야만 '사람다워 보이는' 삶을 너무 아무렇지 않게 살고 있는 건 아닐까. 고요한 골목을 걸으며 너무 억울해서 오랜만에 짐승처럼 울부짖을 뻔했다. 그런 나의 억울함을 읽었는지 물을 한 모금 마신 소울이 씨익 웃으며 말했다.

"엄마, 우리도 들어가서 잘까?"

"그럴까?"

"응, 어차피 이 사람들도 다 자는데 뭐. 우리도 돌아가서 자자. 구경은 이따가 하면 되지."

똑똑한 내 친구. 그래, 우리도 가서 늘어지게 자보자꾸나. 이렇게 돌아다니기엔 태양이 너무 뜨겁잖아. 오늘 못 가본 곳들은 내일 가면 되는걸 뭐.

말라가

지중해처럼

긴 여행의 좋은 점은 시간이 너그러워진다는 데 있다. 짧은 여정일 때의 시간은 사납기 이를 데 없는데, 긴 여행에서 시간은 뭐라도 하라고 격려해주고, 무엇을 하든 기다려준다. 시간의 배려로 우리는 말라가에서 그동안 하지 않았던 놀이 몇 가지를 개발했다.

하나는 스케치였는데, 둘 다 고만고만한 실력을 갖춘 아이와 어른이 카페고 거리 벤치고 바닷가고 어디든 앉아 심심하면 그림을 그렸다. 사실 '그림 재능 0의 유전자'를 가지고 있어 한 번도 안 해본 놀이였다. 나는 정말 못할 거라고 생각했는데, 그게 생각보다 괜찮았다.

"우와, 엄마 진짜 잘 그린다."

상대방을 배려해 사기를 북돋울 줄 아는 우리 딸은 중간중간 시키지 않았는데도 추임새를 넣었다. 어려서부터 집은 이렇게 그려야 하고 나무는 이렇게 그리는 거라고 교육받아 그렇게 그리지 못하는 그림 실력을 늘 불신했다. 더불어 이 유전자를 물려받았을 아이의 실력도 신뢰하지 않았다. 그러나 천천히 주변을 둘러보며 보이는 대로 선을 그으니 제법 그럴듯한 스케치가 나오곤 했다.

두번째 놀이는 관찰력 테스트. 1분 동안 같은 풍경을 본 뒤, 돌아서서 풍경 안의 요소들을 얼마나 더 많이 맞히는가 하는 대결이었다. 그럴 때마다 움직이는 것들이(예를 들어 눈사람 모양 구름, 까만 새 두 마리) 감쪽같이 사라지기 일쑤라 승패에 큰 영향을 미쳤다. 집에 있었다면 각자 다른 일을 하느라 절대 하지 않았을 놀이를 그곳에선 배를 잡고 웃어가며 했다. 특별히 재미있을 것도 없는데, 구름의 모양을 가지고 그게 어떻게 그런 모양이냐며 우기면서 깔깔댔다.

"눈사람 구름."

"그런 게 어디 있어? 저기 봐봐, 다 길쭉하기만 하잖아."

"아, 어디 갔지? 분명히 아까 있었는데."

"그러니까 멈춰 있는 것들을 해야지. 흘러가는 건 사라지기

쉽잖아."

태양의 해변이라는 뜻의 코스타 델 솔(Costa del Sol)에 속한 말라게타 해변은 이런 놀이들을 하기에 딱 좋은 장소였다. 안달루시아의 거점이자 스페인에서 세번째로 큰 말라가주의 주도 말라가 대표 해변답게 정박한 요트들과 널따란 백사장이 1월에도 사람들의 시선을 모았다. 겨울이라고 해봐야 우리나라 가을쯤 되는 날씨지만, 그래도 물에 들어가 놀기에는 무리였다. 그림을 그리고 관찰력 테스트를 하다 그것도 지겨우면 신발과 양말을 훌훌 벗고 맨발로 모래찜질하거나 두꺼비집을 지었다.

"여기가 지중해야, 소울아."

"지중해가 특별한 곳이야? 무슨 뜻인데?"

"땅으로 둘러싸인 바다거든, 땅 지(地)자에 중간 할 때 중(中)자, 그래서 지중해야."

"아, 그렇구나. 근데 엄만 지중해가 좋아?"

"응, 바다가 그대로 있어주는 것 같아서 좋아. 이름만 들어도 마음이 편안해져. 엄마는 가끔 그냥 그대로 있어줬으면 하는 것들이 있거든."

"그게 뭔데?"

"나이라든가, 행복하고 마음 편한 순간이라든가, 그런 것들."

"아 그렇구나. 근데 엄마 나 바닷물에 발 담그고 와도 돼?"

그런데 저기요. 내 얘기 듣기는 한 거니. 어차피 바다에 뛰어들 생각만 가득했으면서 질문은 왜 한 거니. 지중해가 왜 좋은지에 대한 멋진 대답을 찾느라 머리가 다 아팠는데. 허긴 내가 너한테 뭘 더 바라겠어. 나와 이렇게 함께 시간을 보내주는 것만으로도 좋은 일이지.

바지를 걷고 신이 나 뛰어가는 아이의 등 뒤로 네가 내 말을 이렇게 귓등으로 흘려들어도, 바로 지금 이 순간이 그대로 있었으면 좋겠다고 말했다.

말라가에서 머문 지 며칠이 지난 어느 날도 그렇게 실컷 놀고 추로스 한 접시와 주스 한 잔, 상그리아 한 잔을 앞에 놓고 앉았다. 오후 세 시쯤이었나. 갑자기 창문 안으로 햇살이 밀려왔다. 네모난 냅킨은 삼각형 그림자를 만들고, 대리석 테이블이 음영으로 얼룩졌다. 햇살은 그렇게 오래도록 멈춰 있었다. 이곳이 남서향인가? 가평 우리 집 오후 모습과 꼭 같네. 소울이가 학교에서 돌아와 간식을 먹으며 수다를 떠는 시간. 눈을 뜨지 못할 정도로 마구잡이로 들이닥치는 햇살을 카펫 삼아 창가 아래서 흥미진진한 학교의 사건사고를 듣는 시간. 뒷산에 쓰러져 있던 아기새를 구출하거나, 새로 심은 나무가 좀처럼 잎이 나지 않는다거나, 누구누구는 규칙을 어겨 줄넘기를 100번 하고, 중간놀이 시간에 다방구를 하다가 넘어지고 달리기 느려 매일 1번 술래로 잡혀 속상하지만 어쩔 수 없다고 생각한다며 조잘대는 이야기들. 말끝에, "엄마는 별일 없었어?" 하면 일 때문에 서울에 다녀왔는데 차가 정말 많이 막혔다거나, 원고가 밀려서 힘들다거나, 사고 싶은 게 있는데 고민이라거나 하는 사소한 얘기들을 주고받는 우리들의 오후 세 시.

매일 같은 일상, 비슷한 이야기들이 오가는 그 시간들은 구름처럼 흘러갔지만 테이블 위를 떠날 줄 모르는 오후 볕처럼, 이곳에서의 순간만큼은 그대로 있어주길 간절히 바랐다. 지중해처럼 그렇게.

말라가

플레이 리스트

추억을 깨우는 건 감각이다. 갑자기 불어오는 오후 바람의 감촉, 언뜻 들려오는 그때 그 노래, 스치듯 지나는 향기. 여행 위에 여행이 그 위에 또 다른 여행이 쌓여 맨 처음 기억이 희미해지지만 그때 감각을 통해 흡수된 것들은 불쑥 찾아온 손님처럼 일상을 방문한다.

레몬향 향수를 뿌리고 가을방학의 음악을 들으면 나는 어느새 말라가 어느 골목에 서 있다. 아이와 함께한 안달루시아 여행에서 플레이리스트를 채운 것은 가을방학의 노래였다. 정바비 음악과 계피 목소리가 우리 발자국을 따라 낯선 거리 곳곳에 스몄다.

그중에서 〈속아도 꿈결〉이 좋았다. 속아도 꿈결, 속여도 꿈결이라는 이상의 〈봉별기〉 속 한 대목도 마음에 들었지만, 쿵작쿵작 하는 리듬에 맞춰 나오는 기타 연주 뒤에 이어지는 첫 가사가 참 좋았다.

"산책이라고 함은 정해진 목적 없이
얽매인 데 없이 발길 가는 대로 갈 것
누굴 만난다든지 어딜 들른다든지
별렀던 일 없이 줄을 끌러놓고 가야만 하는 것"
– 가을방학, 〈속아도 꿈결〉

얽매인 데 없이 발길 가는 대로 갈 것, 별렀던 일 없이 줄을 끌러놓고 가야만 하는 것. 우리의 여행을 정의해주는 것 같아서 그 가사가 무척 마음에 들었다.

무릇 여행이란 이래야 한다고 여기저기 말해왔다. 제발 관광하지 마세요, 서두르지 마세요, 천천히 그저 그곳에 사는 것처럼 산책하듯 여행하세요. 〈속아도 꿈결〉을 들으면, 한나절이면 다 돌아볼 수 있는 말라가 구시가 골목들을 열흘 동안 쪼개 걷는 나의 여행이 무척 뿌듯해졌다. 그래 여행은 이래야 한다니까, 가슴이 쫙 펴지면서 흐뭇해지기도 했다. 그러다 이따금 아이에게 곡 선택권을 넘기면 〈가끔 미치도록 너를 안고 싶어질 때가 있어〉가 흘러나왔다.

이국의 작은 광장 벤치에 앉아 휘파람으로 노래를 따라 부르는 소울을 보던 어느 날 그 의미를 알고 저러는지 궁금했다. 미치도록 누군가를 안고 싶어지는 마음을 아는 걸까 싶었다. 이슬람이 지배했던 시절 요새로 지어진 알카사바로 올라가는 길 중간쯤에 있는 전망대에서 잠시 쉬며 음악을 듣는 소울에게 물었다.

"이 노래 제목 뭔지 알아?"

소울이는 휘파람을 멈추고 눈을 동그랗게 뜬 채 아무렇지 않은 표정으로 대답했다.

"응, 〈가끔 미치도록 너를 안고 싶어질 때가 있어〉잖아. 왜?"

"이 노래가 왜 좋아? 뭐 알고 듣는 거야?"

"뭘 알아야 해? 그냥 좋은데. 계피 목소리가 예쁘잖아."

그래 맞다. 모든 것에 꼭 의미를 부여하지 않아도 된다. 무심하게 이야기하는 아이의 얼굴을 보며 멍해졌다. 산책길 같은 여행, 얽매지 않은 여행이라는 생각 자체가 '나는 남과 다른 특별한 여행을 하고 있다'는 우쭐함과 오만을 가득 담은 의미에 구속되었다는 걸 미처 알지 못했다.

시간과 돈에서 자유로울 수 없는 수많은 여행객에게 "제발 관광하지 마세요, 서두르지 마세요, 천천히 그저 그곳에 사는 것처럼 산책하듯 여행하세요."라는 이야기가 얼마나 건방진 말이었나. 모두 각자 그저 자신이 좋아하는 방식대로 여행을 즐기고 있을 뿐이었는데 말이다.

이제 누군가 여행에 관해 물어오면 라리오스 거리 오렌지나무 아래 벤치에 앉아 했던 우리 대화를 떠올린다. 그리고 이렇게 말해준다.

"뭘 알아야 하나, 꼭 의미를 두어야 하나. 그냥 좋으면 되는 거지. 어차피 속아도 꿈결, 속여도 꿈결 같은 인생이잖아. 네 방식대로, 그냥 즐겨. 단, 좋아하는 노래 몇 곡 챙겨가는 것만 잊지 마."

말라가

만족하는 삶

세상이 얼마나 넓은지 상상하지 못했던 순진한 시절이 있었다. 주일이면 아침 일찍 일어나 가족 모두 깨끗한 옷을 입고 다 함께 미사를 드리러 성당으로 향했다. 그렇게 자란 나는 당연히 성당 결혼식을 꿈꿨다. 그저 성당에서 매일 마주치는 얼굴 중 한 명 혹은 다른 성당에서 기도를 드리고 있을 누군가와 짝으로 맺어지겠지, 막연히 그랬다. 그러면서 제발 결혼하고 싶을 정도로 잘생기고 훤칠하면서 머리도 좋고 성격도 끝내주는 새로운 남학생이 우리 성당에 나타나기를 기도했다.

면사포처럼 곱고 예쁜 미사포를 머리에 두르면 오르간에서 축가가 울려퍼지고 그날만큼은 내가 주인공이 돼 제단을 걷는 일을 떠올렸다. 레이스가 예쁜 새하얀 드레스, 꽃길처럼 길게 늘어진 황홀한 면사포, 그런 나를 기다리는 아직 나타나지 않은 멋진 남자. 상상의 숲을 걷는 《빨강머리 앤》이 된 듯 한껏 상상의 나래를 폈다. 그러다 내 옆에서 미사를 드리고 있는 어려서부터 봐서 전혀 설레지 않은 '남자 사람'인 고등부 오빠들과 동기들을 차례대로 바라보면서 참담한 심정이 돼 다시 간절히 기도했다.

"저 사람들은, 아니겠죠. 하느님. 아닐 거예요. 아니어야 하는 거 아시잖아요. 아니게 해주세요. 아멘."

과연 하느님은 나의 소원을 들어주셨다. 나의 짝은 그곳에 있지 않았다. 그러나 미사 시간에 집중하지 않고 쓸데없는 공상을 한 것에 대한 벌인지 꿈꾸던 성당에서의 결혼식은 내 것이 아니었다. 신자가 아니었던 신랑이 아이가 태어나기 전 다행히 세례를 받고 성(聖) 가정이 되었지만 한 번뿐이었던 결혼식은 오르간도 기도도 축복도 없이 성수동 현대웨딩홀에서 한 시간 만에 치러졌다.

결혼식을 올렸던 나의 스물넷, 그 시절은 꿈을 멈추게 하고 희망을 집어삼킨 지긋지긋한 IMF 기간이었다. 그런 시절이어서인지 결혼식장이 문제였는지, 결혼식은 엉망이었다. 언니 시집간다고 아직 어린 두 동생들이 펑펑 울어댔고, 옥색 한복을 입고 점잔을 빼던 외할머니는 좋은 날 운다고 동생들의 등짝을 후려갈겼다. 그 와중에 괜히 눈물바다가 돼 예식이 칙칙해질까 걱정한 주인공 신부는 더 크게 웃어댔다. 세 번 결혼한 소설가 선생님의 주례는 길고 길었고, 성악을 전공한 신부의 후배가 축가로 부른 이탈리아 가곡은 주례만큼 길고 길고 길었다. 어른들의 표정은 점점 어두워졌고, 친구들은 하나둘 자리를 떴다. 이 시간이 그저 빨리 지나가기를, 그 생각만 했던 것 같다. 너무 오래전, 20세기에 일어난 일이라 가물가물하지만 내가 꿈꾸던 결혼식이 아니었던 것은 확실하다.

오래전 꿈꾸던 결혼식에 대한 '로망'이 떠오른 건 그들을 마주해서였다. 지중해 햇살이 여전하던 날, 라리오스 거리에서 피카소 박물관 쪽 골목으로 들어가면 모퉁이에 있는 노란색 벽을 한 산티아고 성당의 커다란 문으로 꼬마부터 노인까지 잘 차려입은 사람들이 들어가고 있었다. 그리고 그 틈으로 하얀 드레스 자락이 보였다. 성당에서 올리는 결혼식이었다. 언뜻 보이는 신랑 신부는 겨울을 봄처럼 느끼게 하는 말라가의 햇빛만큼 찬란했다. 드레스 자락의 뒤를 쫓으며 나도 축복의 말을 보탰다.

"행복하게 살아요."

나의 꿈을 대신 이룬 신랑 신부가 결혼식을 올린 산티아고 성당은 말라가에 있는 피카소의 흔적 중 하나였다. 1881년 11월 10일, 아기 피카소가 세례를 받은 성당. 그리고 지금 저 신랑 신부와 다르지 않은 모습으로 그의 부모가 결혼식을 올린 성당. 성당 앞에서 결혼식을 보고 피카소 생가 앞 메르세드 광장에 도착하니 새떼를 쫓는 아이들이 가득했다.

피카소의 생가가 마주 보이는 벤치에 앉아 어린 피카소들을 바라봤다. 어느새 세계적인 거장이 아닌 서로를 사랑하는 한 남자와 한 여자 사이에서 태어난 사랑스러운 아이가 아장아장 걸으며 나타났다. 아직은 누구도 알아봐주지 않는 그 아이의 뒤뚱거리는 걸음을 바라보며 부부는 함박웃음을 지었다. 결혼을 하고 아이가 태어나고, 그것만으로 세상을 다 가진 듯 행복했을 그들. 그 아이가 그림의 천재라는 걸 몰라도 그 존재 자체로 기뻤을 그들. 그리고 그들 속에 우리를 봤다.

현대웨딩홀에서 엉망진창 결혼식을 올렸지만, 아이가 태어나기 전 서둘러 혼배성사를 하고 아이를 기다렸던 우리. 태어나준 것만으로 가슴이 벅찼던 우리. 미숙아로 태어났음에도 별다른 일 없이 잘 자라는 아기에게 감사하던 우리. 병을 이겨내고 건강한 모습을 찾은 것만으로 소원을 다 이뤘다고 말했던 우리. 그러던 우리는 여전한지, 세상에 있어주는 것만으로 고마운 마음을 잘 간직하고 있는지 돌아봤다.

쓸데없는 기대로 아이 꿈을 망가뜨리는 건 아닌지, 말도 안 되는 욕심으로 아이 삶을 힘겹게 하는 건 아닌지, 불필요한 참견으로 아이 생각을 가두는 건 아닌지, 아이 인생을 온전히 아이 것으로 만들어주고 있는지 다시 한 번 생각해봤다. 지난 시간을 되돌아보니 나는 더는 아이가 존재하는 것만으로 만족하지 않았다. 더 잘했으면, 더 뛰어났으면, 다른 아이들과 달랐으면 하는 바람으로 아이를 대했다.

미안했다. 내 옆에서 불평도 불만도 없이 잘 먹고 잘 자고 엄마와의 여행을 기쁘게 즐기는 아이를 와락 안았다. 봄바람처럼 따뜻했다. 이거였다. 살아 숨 쉬는 아이의 따뜻한 온기. 이거면 충분했다. 그동안 나는 왜 그렇게 욕심을 부렸을까.

여행이 끝나고 일상과 마주하면 나는 다시 만족을 모르는 삶 속으로 돌아가겠지. 나는 사람이고, 욕심은 잡초처럼 잠시만 한눈을 팔아도 무성해지니까. 그러나 봄바람을 맞거나, 피카소의 그림을 보거나, 공원에서 비둘기떼와 만나면 지금 이 순간이 기억나지 않을까? 적어도 그 순간만큼은 욕심을 비우고 따뜻한 아이 체온에 감격할 수 있었으면. 아이를 안고 안도하는 사이 바람을 타고 날아온 비둘기떼 틈으로 꼬마들이 행복한 웃음을 짓고 있다.

"소울아, 여행 즐거워?"

"응, 좋아. 여기 지중해잖아. 근데 우리 저녁 뭐 먹어?"

먹고 돌아서면 다음 끼니를 기대하는 날 닮은, 참 한결같은 우리 딸도 그 속에서 밝다. 다행이다.

말라가

우리들의 단골집

말라가의 태양은 청춘이었다. 지치거나 힘든 기색이 없었다. 아침을 열면 그때부터 쭉 청년처럼 뜨거웠다. 그리고 태양의 연인인 지중해와 그들의 벗인 바람이 해가 질 때까지 함께했다. 그 태양과 바다와 바람과 함께 늙지 않은 채 말라가를 지키고 있는 것들이 있었다. 기원전 전쟁에 승리한 로마 병사들이 지나갔을 유적과 스페인을 600년 동안 지배했던 무어인이 남겨 놓은 알카사바, 트렁크를 끌면 드르륵 소리를 내는 돌바닥과 오래된 나무들. 피카소의 고향이라는 타이틀 외에도 말라가는 볼 것들로 가득했다.

피카소 생가 앞 메르세드 광장을 등지고 서서 왼쪽으로 쭉

나가면 로마 유적지와 요새 알카사바, 히브랄파로 성이 나왔다. 광장 앞에서 길을 건너 구불거리는 골목을 따라 피카소 박물관에서 왼쪽 골목을 택하면 한쪽 탑만 완성되어 '외팔이 성당'이라는 별명이 붙은 말라가 대성당이 나오고, 오른쪽 골목으로 나가면 마리나 광장을 만났다. 어느 곳을 가든 힘 좋은 태양은 거리마다 골목골목마다 제 온기를 자랑했고 사람들은 그 아래서 평온했다.

차가 도무지 지나갈 수 없는 좁은 골목은 시에스타 시간을 제외하고 언제나 젊은 태양을 찾아온 관광객들로 가득했다. 레스토랑마다 문밖 골목으로 둥근 탁자와 높은 의자를 내놨고, 사람들은 아직 해가 지기 전인데도 타파스에 와인이나 맥주를 마시며 휴가를 즐겼다. 근 열흘을 머물며 우리도 날마다 다른 골목을 찾아다녔는데, 하루에 한 번 꼭 들르는 골목이 있었다.

말라가에 도착한 첫날 누구의 소개도 없이 우연히 갔던 레스토랑 테헤링고스가 있는 골목이었다. 단순하게 스페인에 왔으니 추로스를 먹어보자 해서 들어간 곳이었다. 빨리 먹고 싶다고 재촉하는 소울이의 성화에 추로스 간판만 보고 들어간 레스토랑은 생각보다 컸다. 오래된 옛 건물들을 그대로 간직하고 있는 유럽에는 상대적으로 작은 규모의 레스토랑들이 많은 편이다. 특히 이렇게 동네 뒷골목에서 아침식사를 제공하는 식당들은 더 그런데, 아무래도 관광지여서인지 이 식당은 좌석이 널찍널찍하게 배치되어 있는 심플하고 캐주얼한 분위기였다. 오랜 역사를 보여주는 식당보다는 훨씬 마음이 편하고 가벼웠다. 이곳은 옅은 노란빛 건물 1층을 전부 쓰고 있었는데, 풀네임은 '테헤링고스 멘데스 누녜스(Tejeringos Méndez Núñez)'. 테헤링고스는 추로스의 다른 말이라고 한다. 그러니까 추로스를 만드는 멘데스 누녜스네 집, 멘데스 누녜스네 추로스집 정도 될까? 처음 갔을 때 나는 추로스와 커피, 소울이는 햄치즈 샌드위치를 주문했다.

오픈 키친을 통해 셰프 한 명이 계속해서 밀가루 반죽을 하고 옆에서 또 다른 셰프가 기름에 튀겨 직접 만드는 걸 볼 수 있었다. 그렇게 갓 튀겨낸 추로스 맛도 좋았지만, 적당히 따뜻한 빵 안에 녹아 있는 치즈와 수제 햄이 조화로운 햄치즈 샌드위치는 끝내줬다.

"진짜 맛있다. 엄마. 완전 짱이야. 내일 또 오자."

그렇게 시작된 단골집과의 인연은 마지막 날 말라가를 떠날 때까지 계속됐다. 첫날 라리오스 광장을 알려주려고 문밖까지 나와 손가락으로 방향을 설명하던 영어를 한마디도 못 하던 안토니오. 짧은 스포츠머리에 둥근 얼굴과 둥근 배가 아저씨 같아 보였지만 알고 보니 나보다 훨씬 어린 안토니오. 그 이후에도 종종 우리에게 손가락으로 방향을 알려주곤 했던 그는 지금도 그곳에서 일하고 있을까?

가끔 소울이는 단골집 샌드위치를 아침식사로 주문한다. 엉성하지만 그래도 재료는 얼추 비슷한 샌드위치를 만들어놓고 커피 한 잔을 마실 때면 테헤링고스에서의 아침식사가 떠오른다. 한겨울인 1월에도 따스한 햇살 받으며 가벼운 옷차림에 커피잔을 앞에 놓고 추로스에 초콜릿을 듬뿍 찍어 먹으며 신문을 보거나 수다를 떨거나 무언가를 끄적이며 바쁘던 말라가 사람들의 모습이 선하다.

말라가

난 바람
넌 바다

"지중해 밤바다를 걸으니 내가 지중해 밤바다가 된 것 같았다."

소울이 일기 한 대목이다. 저 일기를 쓴 날을 생생히 기억한다. 그날 우리는 렌트한 차를 몰고 론다에 다녀왔다. 아이가 있으니 대중교통보다는 자동차로 움직이는 게 수월했다. 길도 좋고, 운전대가 반대로 되어 있지도 않고, 차를 빌리는 것도 어렵지 않아서 교통법규만 잘 지키면 될 노릇이었다. 지중해를 옆에 두고 달리는 도로는 7번. 도로 위에 짐을 한가득 실은 유럽 전역의 번호판을 달고 있는 여행 차량들을 종종 만났다. 오스트리아나 독일 혹은 노르웨이 같은 추운 나라 번호판이 많았다. 대륙으로 연결되어 있어 스페인을 차로 달려올 수 있구나 싶어 부러웠다.

해발 750미터 산 위에 형성된 론다는 하루 만에 보고 돌아서기에 아쉬운 매우 매력적인 도시였다. 여건이 된다면 오랫동안 푹 젖어 있고 싶은 그런 곳이었다. 협곡을 사이에 두고 높이 올라선 집들이 춤을 추듯 늘어서 있었다.

헤밍웨이의 소설《누구를 위하여 종은 울리나》의 배경이 된 타호 협곡은 가늠하고 싶지 않을 정도로 깊었다. 그리고 협곡으로 나뉜 구시가와 신시가를 연결하는 다리 푸엔테 누에보는 웅장했다. 아래부터 위로 벽돌 한 장 한 장을 촘촘하게 엮어 42년 만에 완성한 그 다리를 멀리서도 보고, 직접 건너기도 했다. 다리 위 벤치에는 협곡을 사이에 두고 펼쳐진 하늘과 나무와 삶의 모습을 스케치하는 사람들이 있었다.

이처럼 론다는 어디를 가건 협곡이 있어야 했다. 마치 협곡의 보호를 받는 아이처럼 모든 것이 협곡 위에 펼쳐졌다. 투우 발상지답게 1785년 건설된 론다 투우장 끝에서도 당연히 협곡이 보였다. 이슬람인들이 살던 하얀 집들도 헤밍웨이가 여름을 보내곤 했다는 집도 협곡 위에 앉아 있었다.

론다에 머물던 시인 릴케가 조각가 로댕에게 썼다는 편지 속 "거대한 절벽이 등에 작은 마을을 지고 있고 뜨거운 열기에 마을은 더 하얘진다."라는 구절이 떠올랐다. 이곳저곳을 살피다 결국 또다시 협곡으로 돌아와 그 위에서 이슬처럼 작은 점이 된 나도 마을처럼 협곡에 기대고 싶었다.

엄마로 산다는 건 힘겨운 일이었다. 아내로 산다는 것 또한 쉬운 일이 아니었다. 며느리로 사는 것, 누군가의 자식으로 나이 먹는 것도 고달팠다. 그러면서 나 자신을 지키며 사는 것은 무척 버거운 일이었다. 다양한 역할에 잘 적응하다가도 가끔 수백 미터 아래 협곡으로 곤두박질치는 듯한 두려운 날들이 이어질 때도 있었다.

모든 길은 로마로 통하고 모든 문제는 나를 거쳐 지났다. 아이의 학교 문제, 소소한 집안일부터 부모님 문제까지 더불어 세월을 거스르고 싶어하는 나의 내면 문제를 포함해 눈을 뜨면 어떻게든 새로운 문제가 나타나 나를 협곡 아래로 밀어버리는 날들이었다. 모양과 무게가 다를 뿐 누구나 매일의 문제와 마주친다는 게 유일한 위로였다. 그럼에도 구체적으로 해결해야 할 문제들이 생기면 어떤 위로도 위안이 되지 못했다.

문제들을 어떻게든 하나씩 해결해나가면서 과연 잘하고 있는 것인지, 옳은 방향으로 가는 것인지 의심스러운 나날. 사실은 나도 아무것도 모르는 한 인간인데 왜 자꾸 내가 해결하고 책임져야 할 일들이 생겨나는 건지 야속한 하루하루. 있는 힘껏 최선을 다해 해결해도 풀리지 않는 문제들.

예술가들을 매료시켰던 론다의 아름다운 협곡을 보며 가만히 푸엔테 누에보 벽에 기대었다. 마음이 편안해졌다. 나는 이내 새처럼 날아 두고 온 고민을 하나씩 주워 협곡 아래로 던져버렸다. 교육 문제는 아이가 원하는 걸 해주자는 기준 하나만 남기고 다 버렸다. 수동적인 성정 탓에 드센 친구들을 힘들어하는 소울이 고민 또한 함께 공감하되 스스로 이겨내는 방법을 기를 수 있도록 하고, 엄마가 나서서 해결해야 하는 모든 경우의 수를 버렸다. 다른 사람들과 비교하며 생기는 미련스런 감정도, 부모의 일에 장녀인 내가 모든 걸 책임져야 한다는 과도한 책임감과 그걸 하지 못해 생기는 찜찜한 죄책감도, 노후에 대한 불안한 마음도, 성공에 대한 욕망과 젊음에 대한 집착까지 다 던져버렸다. 후련했다. 협곡 아래 내 문제의 근원들을 묻어버리고 론다를 다시 한 바퀴 돌았다. 분명 같은 곳이었는데 전보다 더 아름다웠다. 타호 협곡은 조용히 나의 고민을 묻어줬다.

내가 이런 고민을 하는 동안 소울이는 론다에서 시종일관 즐거웠다. 헤밍웨이에 대해서, 그의 소설 《누구를 위하여 종은 울리나》에 대해서, 이슬람의 지배를 받았던 스페인의 역사에 대해서 설명을 해줬지만 그것보다는 투우장이 마음에 드는 것 같았다. 투우장 주변을 돌며 몇 번이고 투우사의 몸짓을 흉내 냈다.

"올레! 이렇게 하는 건가, 엄마? 책에서 봤는데. 저기 벽에 있는 동상 아저씨도 이렇게 하고 있는 거지?"

지중해의 호위를 받으며 구불구불한 시에라 네바다 산맥의 결을 따라 아래로 향했다. 숙소인 마르베야의 호텔에 차를 대고, 며칠 만에 처음으로 호텔 뒷골목을 따라 내려갔다. 야자수와 가로등이 나란한 사이로 바다가 보였다. 지중해였다.

론다의 협곡을 다녀와 한결 가벼워진 영혼으로 소울이 손을 잡고 바다를 향해 달렸다. 바람이 불어왔다. 우리는 누가 먼저랄 것도 없이 "바람이 불어오는 곳, 그곳으로 가네. 그대의 머릿결 같은 나무 아래로. 출렁이는 파도에 힘들어도 수평선을 바아라보면…." 하고 노래했다. 바다 앞에 다다라, 함께 보름달빛에 비친 수평선 너머 바다 건너 저 끝으로 시선을 돌렸다. 나는 그날 바람이 된 것 같았다. 끝없이 침전시키던 고민을 훌훌 털어내고 가벼운 바람이 된 것만 같았다. 그리고 그날 소울이는 "지중해 밤바다가 된 것 같다."라고 일기에 썼다.

말라가, 안달루시아의 거점이자 스페인에서 세번째로 큰 말라가주 주도. 아름다운 지중해 태양의 해변 코스타 델 솔의 시작점. 지중해를 따라 피어난 아름다운 도시들과 손잡고 청춘의 태양을 맞이하는 곳. 기원전 로마 유적과 무어인들이 남겨놓은 흔적과 에스파냐 고유의 빛깔이 함께 어우러진 바닷가 도시. 헤밍웨이도 사랑했다던 거리, 피카소가 태어난 곳. 한겨울에도 낮에는 봄바람과 가을바람이 번갈아 불어오고, 밤이면 달이 구름옷을 입고 흘러가는 곳.

그는 오후가 되면 피카소를 찾았다. 그리고 그 옆에서 한참 동안 이야기를 늘어놨다. 엄마에게 하루 일과를 이야기하는 아이처럼 하고 싶은 말을 하나도 놓치지 않으려는 표정으로 열심히 말을 전했다. 피카소는 입꼬리가 살짝 올라간 사람 좋은 표정으로 무릎에 두 손을 얹고 그의 이야기를 들어줬다. 그가 무슨 이야기를 했는지 알지 못한다. 다만 피카소와의 대화를 마치고 그곳을 떠날 때 그의 뒷모습은 늘 홀가분했다.

푸엔테 누에보 난간 벤치에 앉아 한참 동안 스케치를 하던 할머니는 여행객일까, 현지인일까? 어느 쪽이건 우리처럼 론다와 사랑에 빠진 것이 분명했다.

8세기부터 600여 년에 걸쳐 이슬람의 지배를 받았던 스페인. 특히 안달루시아 지방에는 무어인의 흔적이 많이 남아 있다. 알람브라 궁전, 무어인들의 디테일에 압도되어 대칭을 이루는 것들과 무늬를 이루는 모든 것들 앞에서 우리는 계속해서 감탄을 쏟았다. 아름다운 아라야네스 중정과 궁전과 정원과 요새. 그리고 성 밖으로 펼쳐지는 삶의 모습들.

바르셀로나

그리운 한국 음식

아주 단순했는데, 그저 맛있는 음식을 먹고 싶었다. 지금 생각하면 왜 그런 강박을 가졌는지 모르겠지만 여행을 떠나면서 우리나라 음식을 굳이 가지고 가는 것을 좀 금기시했다. 다시 맛보기 힘든 현지의 맛을 머무르는 동안 제대로 느끼고 싶기도 했고, 무언가 세련되지 못한 거 같아서였다.

그래서 흔히 챙겨가는 김, 컵라면, 즉석밥 등은 당연히 없었다. 소울이는 어딜 여행하든 현지 음식에 잘 적응하는 아이였고 스페인에는 파에야라는 쌀 요리가 있어서, 빵이 아닌 밥으로 탄수화물 흡수가 가능했다. 그 정도면 될 걸로 생각했다. 그러나 이건 패착이었다. 여행을 길게 떠나면 원래 먹던 식재료 몇 가지는 인스턴트라도 챙겼어야 했다. 아이도 그렇지만 나도 흰쌀밥에 빨간 김치와 후후 불어먹는 '스프 냄새' 진동하는 라면이 간절해졌다. 여행 3주차에 접어들고 있으니, 한식을 먹고 싶을 만도 하지.

말라가를 떠나 바르셀로나에 도착했을 때 우리 관심사는 당연하게 온통 '먹는 것'이었다. 공항버스를 타고 공항을 벗어나 가우디의 도시에 접어들었지만 창밖 풍경보다 우리를 사로잡은 건 리무진 쿠폰책에 나온 초밥집이었다. 한식은 아니지만 그래도 한국에서 자주 먹던 음식이 나오니 눈을 떼지 못했다. 소울이는 그거 잘 챙기라며 먹고 싶은 초밥을 나열했다.

"성게알, 연어알, 새우도 있겠지? 회덮밥이랑 우동도 시켜줘."

호텔은 람블라스 거리 입구에 있는 카탈루냐 광장에서 멀지 않았다. 광장 바로 앞은 아니지만, 길을 건너 한 블록 안쪽이었다. 그 정도 거리면 매우 훌륭한 숙소였다. 그러나 그것은 짐이 없을 경우의 일이었다. 두 개의 트렁크와 아직은 엄마 손을 잡아야 안심인 아이를 끼고 걷자니 팔이 빠져나가는 듯했다. 매끈한 아스팔트가 아닌 돌바닥을 구르는 트렁크 바퀴 소리는 또 왜 그렇게 큰 건지. 가다 서다 가다 서다를 반복하다 호텔 앞에 거의 다 왔을 때쯤, 보았다. '신라면'을.

중국 마켓이었다. 아이와 나는 누가 밀기라도 하는 듯 가게 안으로 들어갔다. 시멘트벽에 아늑함이라곤 없었지만 눈에 익은 아시아의 식재료가 즐비한 그곳은 천국이었다. 우리의 목표물은 오직 하나, 컵라면. 신라면 두 개와 생수 두 통을 비싼 값에 사서 나오니 짐이 또 하나 늘어 새끼손가락까지 비닐봉지에 점령당했다. 전기놀이를 할 때처럼 짐을 그러쥔 손에 피가 안 통했지만 그래도 괜찮았다. 조금만 있으면 컵라면을 먹을 수 있으니까.

호텔은 마켓에서 짧은 횡단보도를 건너 왼쪽으로 50미터 직진하면 있었다. 서둘러 체크인을 하고 방에 들어갔다. 침대 옆에 트렁크 두 개를 놓으니 엉덩이 큰 나는 그 사이에 낄 수도 있겠다는 생각이 들 정도로 좁은 방이었다. 하지만 그것 또한 괜찮았다. 우린 곧 컵라면을 먹을 거니까.

짐을 풀 생각도 안 하고 트렁크를 그대로 세워둔 채 물을 끓이기 위해 커피포트를 찾았다. 아무리 뒤져도 없었다. 프런트에 전화해 커피포트를 찾아달라고 하니, 없다고 했다. 원래 없다고, 그러고 보니 냉장고도 없다. 정말 씻고 잘 수만 있는 호텔이었다. 그때부터 안 괜찮기 시작했다. 중심가에 있는 호텔임에도 가격이 저렴하다 했더니 다 이유가 있었다. 숙소를 정할 때 이런 것들을 잘 따져봤어야 했는데.

사실 말라가 여행을 마치고 뒤에 붙인 바르셀로나는 급조된 여행이었다. 원래는 프라하로 바로 돌아가 며칠 쉬다 한국으로 돌아갈 생각이었는데, 잠깐 둘러본 바르셀로나를 잊지 못해 더 머물며 제대로 보기로 한 것이다.

갑작스러운 일정 변경으로 항공권과 숙소 등 몇 가지 해결해야 할 것들이 있었다. 귀찮은 일이었지만 바르셀로나에 대한 열망이 더 컸으므로 하나하나 차근차근 진행했다. 매우 싸게 산 항공권은 변경 불가가 규정이라 휴지조각이 돼 비행 스케줄과 예약 상황을 한눈에 보여주는 애플리케이션 스카이스캐너를 뒤져야 했다. 아침 일찍 출발하는 제일 저렴하고 악명 높은 라이언에어로 다시 예약하고, 바르셀로나에서 프라하로 갈 때 타기로 한 체코항공에 날짜 변경 요청 메일을 보냈다. 그다음 호텔을 알아봤다. 이미 초과한 예산 부담으로 중심가에서 멀지 않으면서 저렴한 호텔을 찾다보니, 이렇게 커피포트도 냉장고도 없는 호텔에 있게 된 것이다. 그리고 마침내 도착한 그 공간에는 새하얀 침대와 컵라면을 들고 있는 간절한 소울이의 표정뿐이었다.

"우리 이제 라면 먹는 거야?"

"그럼, 그럼. 조금만 기다려."

안 괜찮지만 침착하자, 먹을 수 있을 거야. 다시 프런트에 전화해 이곳에 커피포트가 없으니 뜨거운 물이라도 달라고 했다. 만나자마자 입꼬리를 한껏 올리며 "올라!" 하고 인사한 그 친절한 호텔리어는 역시 친절한 목소리로 레스토랑 오픈 시간이 아니라 제공이 안 된다고 했다. 이런, 씨이. 온갖 귀찮은 일들을 해결해가며 여기까지 왔는데, 뜨거운 물이 앞길을 막다니. 이럴 거면 처음부터 내 눈에 띄지 말지, 신라면.

결국 그날 뭘 먹었더라. 카사 밀라 가는 길 노천카페에서 햄버거를 먹고, 카사 바트요를 보고 내려와 보케리아 시장 옆 레스토랑에서 파스타를 먹었던가. 다음부턴 잘난 척하지 말고 우리나라 음식들 좀 챙겨다녀야지. 아니, 우선 호텔에 뜨거운 물이 있는지부터 확인하고.

바르셀로나에서 자유를

다시 찾은 바르셀로나는 여전히 발랄했고, 더 복잡해져 있었다. 기분 탓이었을까? 지방 도시 말라가에서 지내다온 우리는 시골 사람이 따로 없었다. 큰 도로, 많은 사람들, 빽빽한 건물.

"엄마, 말라가는 가평이고 바르셀로나는 서울 같아. 난 가평이랑 말라가가 더 좋아."

서울에 갈 때마다 촘촘한 신호에 진저리치는 소울이다웠다.

"도대체 신호가 왜 이렇게 많이 필요한 거야. 우리 동네엔 사거리에 딱 하나밖에 없는데. 서울은 정말 살기 불편한 곳인 거 같아. 차가 사람보다 더 많은 것 좀 봐. 서울에 사는 친구들 정말 안됐어."라며 코엑스에 갈 때마다 이야기했다. 동네에 사거리가 하나밖에 없다는 것과 극장이 없어 서울로 영화를 보러 가야 하는 불편함은 생각도 못 한 채. 그래도 서울에 갔다 돌아오는 길 IC에 진입할 때면 "우와 가평이다!" 하며 환호하는 소울이를 볼 때마다 이곳으로 이사하길 참 잘했구나 생각했다.

이사했을 때, 그리고 지금까지도 가끔 걱정스럽게 묻는 사람들이 있다. 불편하고 답답하지 않느냐고, 아이 교육이 걱정되지 않느냐고. 가평으로 이사한 이유는 그저 잠깐 아이 어린 시절 추억거리를 만들어주기 위한 것이 아니었다. 교육은 뭘 걱정하라는 건지 모르겠다. 마을에 초등학교, 중학교, 고등학교가 있고 번듯한 도서관도 있어 가르치기에 모자랄 게 없는데.

학원이 도시처럼 많지 않지만 아예 없지 않아서 소울이는 피아노 학원에 다니고, 그곳에서 바이올린을 배웠다. 학교에서 오케스트라를 하고, 방과 후 프로그램으로 일주일에 한 번씩 중학교 수영장에 가서 수영 수업을 받고, 주말이면 도서관에서 재능기부로 운영되는 미술 수업을 듣는다. 그리고 예습 복습을 위해 초등학생용 인터넷 강의를 학교 입학 한 달 전부터 들었는데, 학원 선생님이나 부모의 도움 없이 스스로 책상에 앉아 공부하는 습관이 들고 있다. 악기 다루는 걸 좋아해 일주일에 한 번씩 근처 도시로 나가 기타와 클라리넷 수업을 듣는 것 말고는 마을 안에서 교육받는 데 어떤 문제도 없다.

남들이 걱정하는 문제가 전혀 문제가 되지 않는 우리는 가평 생활이 행복하다. 가고 싶은 곳이 있으면 가고, 보고 싶은 것이 있으면 보기 위해 움직이는 능동적인 성격이라 크게 답답하거나 불편한 것도 없다.

오히려 서울 같은 대도시에 가면 빈틈없이 촘촘한 밀도에 가끔 숨이 막힌다. 발랄한 바르셀로나였지만 그래도 조금 긴장이 됐다. 소매치기를 조심하라는 당부가 많기도 했고 사는 곳과 비슷한 작은 도시에 있다 오니 더 그랬다.

바르셀로나에 있는 내내 같은 외투를 입었다. 말라가 라리오스 거리 상점에서 산 가벼운 봄 코트인데 양쪽 주머니에 지퍼가 달린 것이다. 오른쪽엔 작은 지갑을 넣고, 왼쪽에 스마트폰과 접은 지도를 넣어 지퍼를 닫고 다녔다. 목에 카메라를 걸고, 자유로운 두 손으로는 소울이 손을 잡았다.

가벼웠다. 주렁주렁 지닌 것이 없을 뿐인데 날개를 단 것 같았다. 너무 많은 걸 갖지 않아도 되는 이유를 알 듯했다. 소매치기 덕분이라고 해야 하나. 바르셀로나에서 우리는 자유로웠고 그래서 그곳이 더 아름다워 보였다. 가우디가 명성에 맞지 않게 수도승처럼 살았던 것도 이런 이유 때문이었을까.

자연을 사랑하고 곡선을 많이 사용한, 기존 건물과 전혀 다른 모습의 카사 밀라, 카사 바트요 같은 건축물들. 역작이라 할 수 있는, 가장 심혈을 기울였다는, 그러나 미완으로 남은 2026년 완공될 사그라다 파밀리아 성당. 언덕 높은 곳에 만들어진 숲처럼 신비로운 구엘 공원. 그리고 거리 곳곳에 남은 가우디 흔적들.

바르셀로나의 천재 건축가를 죽음으로 몰고 간 전차 사고가 났을 때 아무도 그를 알아보지 못했다고 한다. 전차 운전자도, 병원까지 이송했던 택시기사도, 구급대원들조차 그저 행려병자라고 생각했다. 건축에 대한 열망과 깊은 신앙, 아름다운 바르셀로나, 가우디는 그것만으로 행복했던 것 같다.

완벽한
여행은
없다

외국 여행을 할 때 꼭 하는 것 중 하나가 그 나라의 문화생활 체험이다. 빈에 가면 음악회를 보고, 프라하에 가면 발레 공연을 보고, 런던에서 뮤지컬을 보고, 도쿄에 가면 극장에서 애니메이션을 한 편 보고 그런 식이다.

플라멩코 공연은 바르셀로나에 가기 전부터 꼭 해야 할 일 중 하나로 체크해놓은 것이었다. 그러나 미리 알아보지 않아 좋은 공연 좋은 자리를 예약하지는 못했다. 꼭 해야 할 일이었다면서 왜 그랬느냐고 한다면, 그것 말고도 꼭 챙겨야 할 것이 수십만 개가 있었기 때문이라고 말하겠다.

아이와 완벽한 여행은 완벽한 남자와 결혼하는 것만큼 어려운 일이다. 얼굴도 잘생기고 키도 크고 성격도 좋고 가정적이면서 요리도 잘하고 그러고 나서 치우는 것까지 능숙하며 그 사람이 나를 미치게 사랑해준다고 해도, 그의 뒤엔 '시월드'가 있는, 그래서 결코 완벽할 수 없는 종이 남자니까.

이와 비슷하게 아이와 완벽한 여행도 거의 불가능하다. 무언가 하나둘 아니 서넛 아니 대여섯 개 정도는 위태롭게 진행된다. 우아하게 제대로 된 공연을 보고 싶지만 아이를 돌보면서 여행지를 알아보고 숙박과 교통편 그리고 예산을 정리하는 것만으로 기운이 쪽 빠진다. 거기에 자세한 정보들까지 섭렵해 완벽한 스케줄을 짠다는 건 만만한 일이 아니다.

커다란 공연장에서 펼쳐진 최고 공연은 아니었지만 우리는 신경 써 차려입고 플라멩코 공연을 봤다. 소울이는 반짝이는 굽 높은 구두와 치마를 입고, 나도 오랜만에 주머니에 지퍼가 달린 코트를 벗고 핸드백을 들었다. 찾아간 곳은 람블라스 거리에서 멀지 않은 레이알 광장에 있는 타란토스라는 공연장이었다. 작지만 양질의 공연이 펼쳐지는 곳으로 이미 아는 사람은 다 아는 꽤 유명한 플라멩코 공연장이었다. 이곳은 현장 예매가 가능했고, 별도의 좌석 번호 없이 줄을 서서 기다리면 좋은 자리에서 공연을 볼 수 있었다. 조금 일찍 가서 표를 사고, 한 시간 정도를 기다려 공연을 봤다.

춤을 추는 남녀와 연주자들이 한 무대에서 펼치는 플라멩코는 격렬했고 아름다웠다. 그동안 스페인을 여행하면서 느낀 스페인 사람들 정서가 모두 응축된 몸짓과 표정, 우리의 한 서린 판소리와 비슷한 집시 음악은 온 감각을 매료시켰다. 정열적인 댄서들과 관객 사이에 일어나는 소극장 무대만의 교감 또한 흥미로운 일이었다. 작은 무대, 짧은 시간이었지만 아주 재미있고 즐거웠다. 결과적으로 아이에게도 너무 길지 않아 지루하지 않고 오히려 더 좋은 기억으로 남았다. 완벽하지 않으면 않은 대로, 우리는 또 하나의 좋은 추억을 만들었다.

플라멩코 공연을 보고 그 여운을 느끼며 분위기 좋은 곳에서 와인을 한잔하고 싶었지만, 현실적으로 우린 아이스크림을 사먹었다. 붉은 잔 대신 뽀얀 아이스크림을 앞에 두고, 좀 전에 보았던 공연 이야기를 나눴다.

"그런데 엄마, 그 아저씨는 좀 느끼하지 않았어?"

"그래도 춤은 엄청 잘 추잖아."

"근데 난 느끼해서 별로였어."

노래도 잘하고 춤도 잘 추고, 흠뻑 몰입한 모습이 좋아하는 일을 하면서 사는 사람 같아 꽤 멋졌는데. 허긴 생각하니 비주얼이 기름지긴 했다. 아, 춤만 잘 추면 뭐하나. 보기에 부담스러울 정도로 느끼한 자태인걸. 역시, 완벽한 남자는 어디에도 없다.

바르셀로나

'괜찮아'라는 마법의 말

세번째 날 징크스가 있었다. 아이 낳기 전 한참 남편과 여기저기 다닐 때, 여행에서 돌아와 세번째 날 찍은 사진을 보면 하나같이 다 입이 나와 있었다. 뚱한 표정으로 애써 지은 미소가 어색하다 못해 무서울 지경인 사진들.

사진들이 모두 호러 사진이 된 건 여행 세번째 날 꼭 다툼이 벌어지기 때문이다. 첫날은 여행지에 도착했다는 기쁨에 아무 생각 없이 신나고, 두번째 날은 그래도 아직까지 기운이 남아 돌아다닐 만하지만, 세번째 날이면 시차로 쌓인 피로와 낯선 곳에 대한 긴장으로 극도로 예민해져 뾰족하게 군다. 딱히 이유가 있는 것도 아니고, 대단히 큰 잘못을 저지른 것도 아닌데 그냥 짜증이 나서 버럭 소리 지르게 되고 같은 상태인 상대도 참지 않고 받아치다 결국 싸움이 된다. 그렇게 최악의 기분으로 그래도 볼 건 보고 사진 찍을 건 찍겠다며, 입을 댓발 내밀고 찍고 찍어주고 하는 날이 세번째 날이다.

그런데 아이와 여행을 시작하고부터는 매일이 세번째 날이 됐다. 누군가를 신경 써서 챙기면서 여행을 한다는 건 엄청난 에너지를 쏟는 일이기 때문이다. 그래서 가끔 딱히 아이가 잘못해서라기보다 그냥 덥거나 혹은 춥거나 아니면 지치고 힘들어 잠시 이성을 추스르지 못한다.

바르셀로나에서도 그런 일이 있었다. 돌아오기 전날이었다. 마지막으로 람블라스 거리를 쏘다니는데, 어쩐 일로 소울이가 언제까지 돌아다닐 거냐며 같은 질문을 반복했다. 좀더 참았어야 했는데, 여행 막바지 체력이 고갈된 나는 보채는 아이에게 그만 버럭 화를 냈다. 달빛을 따라 돌아오는 내내 어찌나 신경 쓰이던지, 별다른 이유 없이 화를 낸 것 같아 호텔에 들어와 사과했다(아이와 똑같이 생긴 얼굴을 한 성인 남자의 경우였다면 사과를 받아냈겠지).

"미안해. 아까는 엄마가 너무 힘들어서 짜증을 냈어. 이해해주면 고마울 거 같아."라고 하니 차분한 목소리로 소울이가 이렇게 말했다.

"괜찮아, 세상이 다 그런 건데 뭘. 나도 가끔 괜히 화낼 때 있고 그러니까 괜찮아."

'괜찮아'라는 말이 이렇게 따뜻하고 편안한 말이었던가? 소울이의 한마디에 여독이 바로 풀리는 것 같았다. 그때 난 아이에게 '괜찮아'라는 말 한마디의 힘을 배웠다. 이번 여행은 이 순간을 위해, 이 말의 힘을 배우기 위해 오게 된 것이라는 생각이 들었다. '괜찮아'는 세번째 날 징크스를 깨부쉈다. 아이와 여행을 하면서 짜증나고 힘들고 지쳐 에너지가 고갈돼 내 안에 나 아닌 사람이 들어와 '분노인자'를 팽창시키려고 하면 꺼내든다.

"괜찮아, 낯선 곳에서 잘하고 있어."

"괜찮아, 조금 늦으면 어때."

"괜찮아, 최선을 다해 하루를 보내고 있는 것만으로 장해."

"괜찮아, 엄마로서 너는 최고야."

여행을 떠나지 않았다면 몰랐을 '괜찮아'의 힘. 요즘은 여행뿐 아니라 일상에서도 '괜찮아'의 힘을 빌린다. 나이 먹는 게 무섭고, 사는 게 힘들어지고, 아이를 키우면서 이게 맞나 갸우뚱할 때 "괜찮아, 다 괜찮아."라는 주문을 꺼낸다. 소울이의 말대로 세상은 다 그렇다는 걸 상기하면서.

무려 70% 세일을 하기에 마음먹고 사준 굽이 있는 반짝이 구두. 발이 아파서 신지 못할 게 뻔했지만, 20유로도 안 되는 가격이니 맛없는 밥 먹은 셈 치자는 생각으로 사줬다. 뜻밖에 꼬마 숙녀는 발이 아프다는 소리 한마디 안 하고, 이틀 동안 돌바닥으로 된 바르셀로나 곳곳을 다녔다. 다음날까지 신겠다고 하고 다닌 거 보면 억지로 참은 것 같지는 않다. 그래도 운동화에 비하면 훨씬 불편했을 텐데 아름다움에 대한 열망이 불편함을 이기는 건가, 벌써?

다시 돌아온 바르셀로나에서 밥이 그리워 쿠폰을 들고 찾아간 회전초밥집은 가관이었다. 레일 위에 춘권과 기름에 볶은 면과 딤섬이 신이 난 듯 돌아가는 요상한 레스토랑이었다. 초밥이라 부를 수 있는 건 새우와 연어뿐이었는데, 레일 맨 끝에 앉은 우리가 그걸 먹으려면 한눈팔지 않고 한참을 기다려야 했다. 초밥마니아 소울이는 내내 중국 음식 자랑하는 데 회전 레일을 사용하고 있다며 분노했다.

"바르셀로나의 한 천재가 우리 곁을 떠났다. 바르셀로나의 한 성자가 우리 곁을 떠났다. 돌마저도 그를 위해 울고 있다."손세관, 《안토니 가우디》, 살림출판사, 2004년 9월

바르셀로나의 한 신문에 난 추모기사에 가우디에 대한 모든 것이 담겨 있다. 천재였고, 성자였으며, 바르셀로나에 대한 사랑으로 그곳에 있는 돌마저 그 죽음을 안타까워하는 사람이었다. 바르셀로나는 가우디의 도시였다. 후안 미로와 살바도르 달리와 파블로 피카소 또한 도시를 가득 메우고 있었지만, 그곳 공기 속에 가장 많이 떠다니는 사람은 가우디였다.

바르셀로나에 와서 지나간 젊음에 대한 갈망보다 다가올 인생에 대한 기대가 더 커졌다. 스페인에서 만난 노인들은 겨울에도 화사한 오렌지 나무 같았다. 어느 곳에서 만나도 삶을 즐기는 모습이 읽히니 나이를 먹는 게 꽤 근사한 일이라는 걸 알게 됐다.

2

캘리포니아

미국

새너제이

01

"지도 좀 줄래요?"

"네? 지도요?"

미국 드라마(이하 '미드') 주인공 친구의 같은 반 학생 정도로 생긴 금발의 청년이 의아한 듯 바라봤다. '지도? 그게 뭐야? 그걸 왜 나한테 찾아. 혹시 맡겨놓은 게 있니?' 그런 표정이었다. 발음이 이상해서 그런 건가 싶어 또박또박 정중하게 다시 한 번 말했다.

"지도 좀 줄래요?"

"어디 지도요?"

"이곳이요."

고개를 갸우뚱하던 청년은 갑자기 무언가를 프린트해 건넸다. 망점이 흐릿하게 번진 줄이 이리저리 난 약도만도 못한 지도였다. 우리로 치면 모텔이나 여관과 같은 급인 '인(Inn)'이라지만 그래도 조식에 야외 수영장까지 있는 숙박업소에서 관광객을 위한 지도 한 장 없다는 게 이해가 되질 않았다.

여행은 늘 짐을 풀어놓고 숙소 프런트에서 받은 지도와 함께 시작됐다. 친절한 호텔리어가 알려준 현지인 맛집에 동그라미 치고, 내가 있는 호텔이 어디인지 별표를 한 지도를 한 장 들고 나가면 길잡이 친구와 동행한 듯 든든했다. 그런데 지도가 없는 곳이라니.

"없대?"

직원과 손님을 구분하는 리셉션 데스크와 눈높이가 같은 소울이는 일찌감치 사태를 파악하고 내게 물었다.

"그런가봐. 주변 지도 없는 호텔은 또 처음이다. 그치?"

"응, 다른 데는 금방 금방 주는데, 미국은 원래 이런가?"

일단 급한 대로 A4 용지를 받아들고 숙소를 나섰다. 마켓은 지도상으로 바로 옆 블록에 있었다. 그러나 한 블록은 내가 알던 한 블록과 달랐다. 국내 여행에도 시차가 생기는 대륙의 한 블록을 서울에서의 한 블록과 유럽 구시가의 한 블록으로 오해한 것이다. 그제야 공항에서 택시를 타고 숙소에 도착했을 때, 주차해놓은 차가 없다는 말에 어리둥절하던 청년이 이해됐다. 한 블록이 우리 읍내 길이만큼 되는 곳에 사는 사람이 보기에, 차도 없이 걸어다닐 생각을 한 우리가 참 놀라웠을 것이다.

미국은 처음이었다. 그 전화가 아니었다면 미국 여행은 여전히 보류 중일 것이다. 역사와 전통이 있는 유럽도 제대로 다 돌아보지 못했는데, 뭘 미국까지. 나중에 가야지 나중에. 나에게 미국은, 미드만으로도 충분했다. 그해 여름 여행 계획을 세우면서도 당연하게 유럽 어느 나라에 갈까 고민하고 있었다.

그런데 미국에 사는 그가 폐암 말기라는 전화를 받았다. 내가 고등학교를 졸업하던 해 사업을 부도내고 도망치듯 미국으로 떠난 사람, 아빠. 그 후로 20년, 다 말할 수 없는 우여곡절이 있었다. 솔직히 말하면 나에게 아빠는 기대도 원망도 없는 추억 속의 인물이었다. 1년에 한 번 열흘간 한국을 찾은 아빠에게 식사를 대접하는 것으로 그럭저럭 부모 자식의 연을 이어가는 관계였다. 미국이 여행지에서 뒷전이었던 건 그래, 아빠 때문이기도 했다. 그가 원하는 대로, 그가 사는 곳에 그가 늘 보고 싶어하는 손녀딸까지 대동해서 가고 싶지 않았다.

스무 살 이후 인생의 지도를 알아서 만들었다. 그 길에 한 번도 아빠에게 정신적으로나 물질적으로 기대지 않았다. 그러나 괜찮았다. 기대도 원망도 없었으니 늘 씩씩했다. 다만, 황무지가 이제 겨우 반듯한 새 길이 되었는데 아직은 그 길을 함께 걷고 싶지 않았다. 그랬다.

병원에 갔더니 가망 없다고 하는데, 자식들을 보고 싶어한다는 아빠의 오랜 룸메이트 전화를 받고 고민했다. 거짓말일지도 모른다는 생각을 했다. 거짓말이었으면 좋겠다는 생각도 했다. 그리고 어쩌면 마지막일 수도 있겠다는 생각이 들었다.

그날 항공권을 예약했다. 샌프란시스코 인-아웃, 어른 하나 아이 하나. 성수기였지만 방학을 조금 앞서 출발해서인지 값이 저렴했다. 소울이에게는 이번 여름방학에 드디어 미국 할아버지에게 가게 됐다고 했다. 몸이 편찮으신데 아무래도 가봐야 할 것 같다는 설명까지도 마쳤다. 괜히 어설프게 거짓말을 하고 갔다가 평소와 다른 할아버지의 모습을 보고 더 놀라게 하고 싶지 않았다. 아이는 의외로 담담했다. 한국에서 만날 때마다 디즈니랜드에 같이 가자던 할아버지의 말이 떠올라서인지도 몰랐다. 이렇게 가장 중요한 일을 마친 후, 아빠의 룸메이트에게 받은 주소를 구글맵에 찍고, 주변을 검색했다. 아빠 집에 묵을 수도 없고, 그러고 싶지도 않아 오며 가며 들여다볼 수 있는 숙소를 찾았다.

버스로 다섯 정거장쯤 됐다. 지도를 보며 대충 어림짐작하니 택시로 오고 가도 큰 부담이 없을 거리였다. 메이플 트리 인. 이름도 마음에 들고, 야외 수영장이 있어 아이가 심심해하진 않을 것 같았다. 나름 여행 고수랍시고 그렇게 고르고 골라 온 새너제이 서니베일에 있는 메이플 트리 인은 아빠의 집과 전혀 가깝지 않았다. 다섯 정거장을 가는 버스를 타려면 먼저 버스 정류장까지 300미터를 걸어가야 했다. 그나마도 버스를 타기 위해 적지 않은 시간을 기다려야 했다.

지도를 보고 할 수 있는 건 아무것도 없었다. 그제야 하나의 시선으로 지도를 보는 건 바보 같은 짓이라는 걸 깨달았다. 내가 경험한 작은 구시가 광장, 밀집된 관광지의 지도와 어디나 8차선 도로가 시원하게 뚫린 너르고 너른 땅 아메리카 어느 지역의 지도는 다른 눈으로 봤어야 했다. 결국 일주일 후 차를 빌렸다. 혹시 몰라 국제면허증을 챙긴 건 미국에 가면서 내가 제일 잘한 일 중 하나였다.

새너제이

02

항암치료를 받은 아빠는 많이 여위어 있었다. 호흡이 불편해 산소통을 끼고 있어야 했지만 말투도 표정도 여전했다. 오랜만에 만난 손녀딸이 반가워 농담을 걸었고, 그래서인지 소울이는 달라진 할아버지의 모습에 크게 놀라지 않았다. '우리 세뇨리타'가 드디어 미국에 왔냐, 비행기는 잘 탔냐, 요새 학교생활은 어떠냐, 할아버지가 사는 동네는 어떠냐, '이빨 빠진 금강새'라고 놀리면서 계속 말을 거는 할아버지가 LA갈비까지 사주니 소울이는 할아버지가 아프다는 생각이 하나도 안 드는 모양이었다. 그렇게 우린 따로 화해 의식 따위 치르지 않았다. 나 또한 환자가 아닌 아빠를 보기 위해 태평양을 건너온 평범한 딸처럼 아무렇지 않게 굴었다.

그렇게 열흘간 새너제이에 머물며 매일 아빠를 만났다. 하루도 바뀌지 않고 똑같았던 호텔 조식을 먹고 아빠에게 갔다. 가는 길에 만나는 하늘도 언제나 같았다. 슬플 수 없는 희극배우처럼 늘 맑았다. 매일매일 달라지는 건 아빠의 상태뿐이었다.

"공항에 내리면 코가 뻥 뚫리는 기분이야."

한국에 올 때마다 아빠는 같은 말을 했다. "여기서 어떻게 살았는지 모르겠다. 이 좁고 답답한 곳에서. 미국은 말이지…." 하고 아빠의 이야기가 시작되면 여기저기 혀를 차는 소리가 들렸다. 도대체 자신이 어떻게 해서 거기까지 가게 됐는지 스스로 가장 잘 아는 사람이 저런 얘기를 왜 하는 건지. 아빠가 무용담처럼 미국 생활을 늘어놓을 때면 내 얼굴은 늘 붉어졌다. 가끔은 술을 한잔하고 진짜 빨간 얼굴이 돼 아빠에게 고함을 치기도 했다.

"쓸데없는 말 좀 하지 마!"

그런데 와서 보니 캘리포니아의 하늘은 과연 아빠가 자랑할 만했다. 아침에 눈을 뜰 때마다 신기할 정도로 같은 모습이었다. 흐트러짐 없는 모범생 같았다. 아니, 숨 막힐 정도로 한결같은 그 하늘은 여느 마흔 살 아줌마의 삶과 꼭 닮아 있었다.

크게 웃을 일도 크게 울 일도 서러울 일도 새로울 일도 없는 그저 고요하고 잔잔한 언뜻 평화로워 보이지만 더는 누구도 감탄하지 않는 마흔 아줌마의 일상. 그 변화 없는 일상에 진저리치는 마흔을 앞두고 같은 하늘을 매일 마주하는 건 매우 당혹스러운 일이었다.

조금씩 나빠지고는 있지만 희망을 버리기에 아직 이른 아빠에게 여행을 다녀오겠다고 했다. 아빠는 늘 자랑처럼 얘기하던 옐로스톤과 그랜드 캐니언에 우리와 함께 가지 못하는 걸 미안해했다. 아빠는 자신이 운전을 해주지 못하는 것도 매우 미안해했다. 운전은 언제나 아빠의 몫이었다. 어린 시절 아빠는 주말이면 집에 있지 못하고 어디든 가야 했다. 엄마는 아침부터 도시락을 준비하느라 늘 고생이었다. 대충하지 못하는 엄마는 찬합에 김밥이며 불고기에 샌드위치까지 손이 많이 가는 음식들을 잔뜩 쌌다. 여섯 살 땐가, 아빠는 아침부터 친구네와 자연농원에 가기로 약속했으니 준비하라고 채근했다. 피곤함에 화가 난 엄마가 아빠와 크게 싸웠다. 웬만하면 가지 않을 만도 한데 아빠는 기어이 나와 단둘이 자연농원에 갔다. 내 기억으론 아빠는 언제 엄마와 싸웠냐는 듯 친구네와 신나게 놀고 사진도 많이 찍었다. 파란 스트라이프 셔츠를 입은 아빠와 빨간 원피스를 입은 그날의 사진은 아직도 사진첩에 꽂혀 있다. 동생 없이 아빠를 독차지해 잊지 못할 만큼 행복했던 하루.

가만히 있으면 답답해 어쩔 줄 모르는 유전자를 물려준 아빠는 움직이지 못하고 가만히 누워서 어서 가라고 나를 부추겼다.

"여기까지 왔는데 디즈니랜드는 꼭 가야지. 할아버지가 우리 소울이 데리고 가줬어야 했는데, 몸이 아파 못 가는구나. 엄마랑 재미있게 놀고 와라."

엄마, 아빠, 갓난아이 때부터 돌봐줬던 막내 이모를 제외한 모든 사람들에게 깍듯하게 존댓말을 하는 소울이는 더 이상의 대답 없이 고개를 끄덕이며 "네."라고만 했다. 관심을 끌기 위한 과한 동작이나 괜한 애교 같은 게 없는 소울이다웠다.

아빠는 그때 우리를 보내기 싫었을지도 모른다. 아무래도 해준 게 없는 아빠이고 할아버지라는 생각에 잡지 못했던 것뿐, 아마 하루라도 더 같이 있고 싶었을 거다. 지금 생각해보니 그렇다.

새너제이

03

새너제이에서 디즈니랜드까지는 쉬지 않고 여섯 시간을 달려야 했다. GPS도 없이 종이에 고속도로 번호만 적어 길을 나섰다.

"괜찮겠어?"

"어, 차도 이렇게 넓고 난 괜찮은데?"

"그래, 피곤하면 언제든 말해. 디즈니랜드는 나중에 가면 되니까."

"아니야, 엄마. 안 피곤하고 하나도 안 힘들어."

"알겠어, 한국에서처럼 10분에 한 번씩 다 왔냐고 물으면 차 세우고 가까운 호텔 아무 데나 들어가서 다시 새너제이로 갈 거야."

소울이는 떠나기 전부터 흥분 상태였다. 차 안에서 여섯 시간 동안 있는 것쯤 아무렇지 않다고 큰소리를 쳤다. 한국에선 60분만 달려도 몸을 배배 꼬면서. 먼 여행 긴 운전에 가장 긴장되는 건 아이의 상태였다. 반도 못 가 칭얼대기 시작하면 초행길에 정신이 혼미해질 것 같았다. '디즈니랜드'를 무기 삼아 아이에게 확인하고 또 했다.

미국도 처음, 미국 고속도로도 처음이었지만 겁나지 않았다. 위급 상황이 벌어져도 전화할 곳이 있다는 게 큰 위안이 됐고 용기를 낼 수 있었다. 스무 살 이후로 느껴보지 못한 낯선 감정이었다.

성인이 되고 기댈 언덕, 비빌 언덕은 언제나 나 자신이었다. 기대고 비빌 언덕이 있는 친구들이 매우 부러웠지만 스스로 그늘과 언덕을 만들며 살아온 청춘이 안쓰럽지는 않았다. 언덕이 있었다면 하지 못했을 경험, 보지 못했을 세계가 지나온 시간을 따라 내 인생에서 별처럼 빛났다. 마흔이 되고 보니 시련은 재산이었다. 그러나 잊고 있었다. 언덕은 단순히 물질로만 이루어진 게 아니라는 걸. 경제적인 지원만이 기댐의 전부가 아니라는 걸. 삶의 두려움과 불안을 잠시 맡길 수도 있는 곳이란 걸. 그로 인해 위안을 얻고 용기를 얻을 수 있는 곳이란 걸. 까맣게 아니 하얗게 잊고 있었다.

편안했다. 오랜만에. 이렇게 마음 놓고 도전해본 게 얼마 만일까, 기억나지 않았다. 차에 기름을 가득 채우고, 엘 카미노 레알 로드를 지나 101번 도로에 접어들었다. 다른 차들과 나란히 규정 속도를 지키며 앞만 보고 달렸다.

"101번에서 5번 도로로 들어갈 때 잠깐 국도를 지나는데, 거길 지나치면 안 돼. 잘 봐야 한다."

아빠의 당부를 되뇌며 이정표를 뚫어지게 바라봤다. 아빠는 5번에 접어들면 그때부터는 마음을 놔도 된다고 했다.

"그다음부터는 문제없어. 그냥 LA를 향해 가면 돼. 미국은 도로 표지판이 참 잘되어 있는 곳이다. 서두르지 않고 천천히 가면 무사히 도착할 거야."

마치 첫 운전 연수를 시켜주는 것처럼 같은 얘기를 하고 또 했다. 경부고속도로 같은 101번을 지나 356번으로 들어가니 양옆에 농장들이 보였다. 우리 동네와 다를 바 없는 모습. 우리 동네 국도가 참외를 팔고 복숭아를 팔고 알밤을 판다면 그곳은 파인애플과 오렌지를 파는 게 다르다고나 할까. 익숙하면서 다른 모습을 지나 드디어 5번. 그때부터 긴장을 풀고 마음껏 달렸다.

미리 사온 과자를 집어먹으며, 소울이랑 수다를 떨었다. 둘이 얘기를 시작하면 습관적으로 학교 생활에 관해 묻는다. 집에서와 또 다르게 여행을 오면 큰일도 별일 아닌 게 되고, 작은 일도 마음 쓰이기 마련이다. 친구들과의 사이는 어떤지, 마음이 안 맞았던 친구와 맞춰지고는 있는지, 학교에서 제일 재미있는 게 뭔지, 좋아하는 사람은 있는지 등등 시시콜콜한 질문을 계속한다. 별다르게 할 일이 없으니 소울이도 대답을 제법 천천히 잘한다. 1학년 땐 누구 오빠가 좋다는 얘기도 곧잘 하더니, 한 살 더 먹었다고 그런 게 어디 있냐며 정색을 했다. 다행히 학교는 여전히 재미있고 친구들과의 사이도 그만하면 괜찮은 편이었다. 음악을 하는 사람이 되고 싶다는 꿈도 점점 단단해지는 듯했고, 요즘은 제이래빗보다 옥상달빛 노래가 더 좋다는 이야기도 했다.

창밖은 영사기에서 같은 필름을 돌리는 것처럼 똑같은 장면이 끝없이 반복되고 있었다. 옥상달빛 노래는 아니지만 라디오에서 나오는 멕시코 음악을 들으며 거대하고 누리끼리한 낮은 산들 사이를 지났다.

"소울아, 밖에 좀 봐봐. 여기도 산이 많다."

"근데 엄마 산이 다 노란색이야. 우리 동네는 초록색인데."

"그러네. 나무도 별로 없고, 아마 여기 날씨 때문일 거야."

"날씨가 왜?"

"여기는 우리나라처럼 사계절이 있는 나라가 아니잖아. 할아버지가 그러는데 겨울에도 따뜻하대. 겨울이면 따뜻한 날씨에 비가 많이 오고, 여름에는 가물어서 오히려 겨울에 더 초록색이 많대."

"그런데 엄마 왜 이렇게 오래 가야 해?"

"땅이 크잖아. 캘리포니아만 우리나라 두 배는 될걸? 우리 집에서 부산 가는 것보다 새너제이에서 LA 가는 게 더 오래 걸리잖아."

"와, 이 사람들 정말 힘들겠다. 우리나라는 다 금방 가서 편리한데."

넓고 커야 좋다고 생각하는 어른과 다르게 넓고 커봤자 다니기만 힘드니 작은 게 편리하다고 생각하는 아이. 가만히 보면 아이는 작은 게 좋아서라기보다 지금 자기가 가지고 있는 게 제일이라는 믿음이 있는 것 같다. 저 태도를 배워야지. 비교하며 불행하지 않고 나의 것을 귀하게 여기는 마음을.

지나도 지나도 끝나지 않을 것 같던 길. 그래도 5번부터는 문제없다고 했으니까 하고 너무 마음을 놓아서인가. 차가 이상했다. 속도가 90km/h 이상 올라가지 않았다. 비상등을 켜고 있는 힘껏 액셀을 밟았다. 가위에 눌린 몸처럼 아무리 발끝에 힘을 줘도 RPM이 올라가지 않았다. 겨우겨우 주유소를 찾아 차를 세우고 아빠에게 연락했다.

"차가 이상해."

병상에 누워 제 몸 하나 가눌 수 없는 아빠는 새너제이에서 자동차 정비 공업사를 하는 지인에게 연락해줬다. 그게 아빠가 할 수 있는 최선이었다. 그분에게 전화를 걸어 길가에 차가 설 정도는 아니라고 하니, 우선 가는 데까지 가고 다시 연락을 달라고 했다. 그리고 디즈니랜드에서 가장 가까운 렌터카 지점의 연락처를 알려주며, 가자마자 차를 교환하라고 했다.

다행히 차가 중간에 서는 일은 없었다. 액셀을 너무 꾹 밟아 다리에 쥐가 날 정도이긴 했지만 그래도 해가 지기 전에 무사히 애너하임 데저트 팜 호텔 주차장에 들어갔다. 도착하고 긴장이 풀려서인지, 지쳐서인지 당장 차를 바꿔야겠다는 생각이 쓱 사라져버렸다. 내일이나 모레 필요할 때 하지 뭐.

"잘 도착했어."

이 또한 얼마 만인가. 역시 20여 년 동안 해본 적 없는 매우 생소한 생사 전달 메시지를 오랜만에 아빠에게 보냈다. 낯선 길, 낯선 차, 낯선 대화, 낯선 감정 온통 낯선 것들로 가득 찼던 하루가 그렇게 지나갔다.

애너하임

04

꿈이 이루어지는 곳. 디즈니랜드에서의 이틀은 황홀했다. 그곳은 아이에게도 나에게도 천국이었다. 아이는 단박에 공주가 됐고 나는 바로 아이가 됐다. 종일 몽롱하게 도취돼 현실을 잊을 때쯤 펑펑 폭죽 소리와 함께 미키마우스가 나타나 이렇게 얘기했다.

"꿈을 가지면 그 꿈이 이뤄질 거야."

팅커벨처럼 날아가고 싶었지만 그 세계로 입장하기 위해서는 현실 세계의 귀찮은 절차를 거쳐야 했다. 그 세계는 들어가는 시간과 나오는 시간이 엄격했으므로 시간을 엄수해야 했고, 배낭을 메고 뛰어가는 다른 가족들을 앞지르기 위해 성큼 성큼 걷다 빠르게 걷다 결국에는 달려야 했다. 〈이상한 나라의 폴〉의 폴이나 니나처럼 호텔 앞 맨홀에 서서 눈을 감으면 짠 하고 도착하는 그런 마법은 일어나지 않았다. 폴과 니나가 디즈니 캐릭터가 아니라서 그랬나. 아무튼 그 꿈의 세계로 가기 위해 우리는 아침마다 달렸다. 그렇게 달려서 드디어 꿈의 세계에 입성하면 미니와 미키와 신데렐라와 앨리스와 벨과 백설공주가 우리를 반겨줬다. 그들도 분명 우리를 당장 만나고 싶었겠지만, 현실 세계에서 너무 많은 사람이 꿈을 꾸기 위해 입장했으므로 줄을 서서 기다려야 했다. 특히 이번에 새로운 가족이 된 〈겨울왕국〉의 엘사와 안나를 만나는 건 더욱 엄격했다. 뙤약볕 아래 서서 두 시간 반 만에 만난 엘사와 안나는 다행히 친절했다. 매우 친절하게 활짝 웃으며 사진 두 컷을 찍고 아쉬워 죽겠다는 표정으로 어서 가라고 "안녕!" 손을 흔들었다. 그래도 괜찮았다. 우리는 꿈의 세계에 있었으니까.

여섯 시간이 넘는 긴 자동차 여행을 견딘 소울이는 두 시간 반의 기다림에도 지치지 않았다. 이 아이가 이토록 기다림에 능숙한 아이었던가? 디즈니랜드에서 발견한 내 아이의 참을성. 엄만 잊지 않을 거야, 힘들어도 꾹 참던 너의 모습을. 한국에 가서도 곳곳에서 그 참을성을 발휘해주길 바란다. 두고 볼게, 딸.

엘사와 안나를 만나 딱 '인사'만 하고 헤어졌음에도 아이의 입은 다물어질 줄 몰랐다. 정상적인 걷기도 불가능했다. 3보 이상 걸을 때면 한쪽 무릎을 들고 반대쪽 발을 하늘로 띄우며 뛰듯 아니 마치 날 듯 걸었다. 한여름 벨벳으로 만든 드레스를 입고도 덥단 말 한마디가 없는 게 신기해 물었다.

"안 더워?"

"응. 하나도 안 더워. 왜, 엄만 더워?"

"어, 더워. 그리고 너도 더운 거 같아. 이마에 땀이 가득 맺혔어."

"이상하다, 나는 하나도 안 더운데. 엄마 저기도 가보자. 저기 앨리스가 왔어. 어! 저쪽엔 신데렐라야!"

대단한 발견을 한 듯 뛰어다니는 아이를 따라 이쪽저쪽 뛰고 또 뛰었다. 함께 사진을 찍기 위해 재빨리 줄을 섰다. 공주들은 일정 시간이 되면 자리를 뜨기 때문에 만났을 때 기회를 잡아야 했다. 공주를 꿈꾸는 작은 공주님들은 모두 공주 캐릭터가 그려진 공책을 들고 있었는데, 나중에 알고 보니 사인북이었다. 진짜 공주들을 만나 사인북에 사인을 받아 기념했다. 미처 알지 못했던 우리는 사진이라도 열심히 찍었다.

나는 아마 평생 신데렐라와 사진을 찍고 돌아섰을 때를 잊지 못할 것이다. 처음이었다. 엄청난 조기교육은 아니었지만 그래도 영어 교육을 위해 들였던 교육비에 대한 피드백을 드디어 볼 수 있었다. 이 나라 저 나라를 다녀도 아이는 한마디를 하지 않았다. 낯을 심하게 가리는 성향이고, 또 여행은 여행일 뿐 학습이 아니라고 생각해 굳이 입을 떼라고 강요하지 않았다. 그래도 내심 다른 나라에 나온 김에 적극적으로 말을 해보면 좋을 텐데 하며 아쉬웠던 게 사실이다. 그런데 그때 보았다. 남의 나라, 외국인 앞에서 누가 시키지도 않았는데 우리 딸이 영어로 입을 떼는 광경을. 우리 앞에서 돌아설 뻔한 신데렐라에게 애처로운 눈빛을 보내 겨우 사진을 찍었는데, 신데렐라가 사진을 다 찍고 손을 흔들자 소울이는 다급하게 입을 열고 말했다.

"바이."

세상에 이럴 수가. 베네치아의 곤돌라 아저씨도, 프라하의 신부님도, 스페인의 현대미술관 체험 선생님도, 빈의 키즈뮤지엄 미술 선생님도 성공하지 못했던 영어 대화를 신데렐라가 해내다니. 과연 공주의 힘은 대단했다.

이리저리 돌아다니며 공주들을 만나다 시간이 되면 목 좋은 곳을 골라 가져간 지도를 돗자리 삼아 깔고 자리를 잡았다. 퍼레이드를 보기 위해서였다. 화려하게 치장한 마차를 타고 손을 흔들어주는 공주님과 동화 속 캐릭터를 볼 생각에 엉덩이가 익을 것 같은 아스팔트 위에서의 기다림은 아무렇지 않았다. 나 말고 우리 딸이.

행렬이 시작되지 않았지만 프린세스 안나의 옷을 입고 머리를 하고 페이스페인팅까지 한 작은 안나 김소울을 비롯해 사방에 작은 공주들이 즐비했다. 그리고 그 주변은 반바지에 땀에 전 티셔츠와 커다란 가방을 들고 있는 시녀 엄마들로 가득했다. 우리도 한때는 공주였는데 말이지. 공주 행세할 날이 길지 않다는 걸 자신의 삶으로 증명한 엄마들은 지금이라도 마음껏 누리라는 심정으로 각자의 공주님을 잘 모셨다. 조금이라도 잘 보이는 곳에서 공주와 공주의 친구들을 상봉시켜주기 위해.

나 또한 다르지 않았다. 아빠라는 시종을 대동한 다른 공주들에게 지지 않으려고 최선을 다해 나의 공주님이 맨 앞에서 볼 수 있게 해줬다. 더우면 물을 드리고, 땀을 닦아드리고, 햇볕을 가려드리고, 부채질도 해드렸다. 낮의 퍼레이드가 끝나고 폐장을 앞두고 펼쳐지는 불꽃놀이를 볼 땐 손수 공주님을 안아 하나도 놓치지 않고 잘 보이도록 해드렸다. 키 크고 힘 좋은 게 처음으로 보람차던 순간들. 내 인생에 내 덩치를 긍정하게 되는 순간이 오다니. 과연 꿈의 나라 디즈니랜드.

일이 그렇게 될 줄 알았다면 다른 곳은 몰라도 샌타모니카 해변은 한번 가보는 건데. 그때만 해도 기쁨에 취해 슬픔은 까맣게 잊고 있었다. 디즈니랜드가 있는 애너하임에 나흘을 머물렀지만 다들 간다는 LA 다운타운이나 샌타모니카 해변에 가지 않았다. 영화 〈인사이드 아웃〉에 나오는 감정 중 세상의 모든 기쁨이들이 모여 있는 것 같은 디즈니랜드의 기운이 좋았다. 덩달아 기쁨이 충만해져 시녀 노릇을 해도 아이처럼 즐거웠고, 나의 분신이 나 대신 공주의 시간을 누리는 걸 보는 게 행복했을 뿐이었다.

애너하임

05

데저트 팜 호텔은 며칠 동안 호텔 예약 사이트를 뒤져 결정한 호텔이었다. 익숙한 호텔 체인도 아니고 처음 들어보는 이름이라 반신반의하면서 지도상에 위치만 보고 결정했다. 디즈니랜드에서 한 블록 정도 떨어져 있었는데 아이 걸음으로 10분 정도의 짧은 거리라 다니는 데 전혀 무리가 없었다. 내부 시설은 오래돼 반짝거리진 않았지만 주차장도 넓고 작은 실내 수영장까지 갖춰 꽤 편리했다.

다른 건 몰라도 숙소를 결정하는 게 가장 어렵다. 광각렌즈로 넓이를 가늠할 수 없게 찍은 내부 사진이나, 취향에 따라 달라지는 이용 후기만 믿었다가 낭패를 보기 쉽고, 가격 또한 천차만별이기 때문이다. 그래서 한 번도 가보지 않은 낯선 도시의 숙소를 정할 때 나의 기준은 '위치'다. 중심에서 멀지 않은 곳. 아니 가까운 곳이어야 한다. 조금 낡거나 혹은 다른 곳에 비해 조금 비싸더라도 그 기준을 놓고 고르면 여행에서 피곤할 일은 없다. 나만 조금 귀찮으면 되는 혼자만의 여행이라면 중심가에서 조금 멀리 떨어져 있어도 싸고 화려한 숙소를 얼마든지 고를 수 있다. 버스 한 번 더 타고, 지하철 한 번 갈아타는 게 큰일은 아니니 말이다. 그러나 아이와 함께하면 얘기가 달라진다. 기본적으로 이고 지고 다녀야 하는 아이의 짐과 아이를 챙겨 갈아타고 더 걷고 하는 건 아무리 7성급 호텔이라도 심신이 지치기 마련이다. 물론 도시 외곽 숙소 근처에서 현지인처럼 사는 여행을 계획했다면 상관없다. 중요한 것은 목적지와 가까운 곳에 숙소를 잡아야 한다는 것.

그런 의미에서 호텔은 괜찮은 편이었다. 무엇보다 며칠 동안 운전을 하거나 남이 운전해주는 차를 타야 하는 일도 없었으니까. 걸어서 하고 싶은 모든 것들이 가능했다. 그래서 고속도로에서 말썽을 부렸던 차는 가는 날이 되어서야 교환을 하러 가게 됐다. 렌터카 애너하임 지점에 가서 새너제이에서 렌트한 영수증을 보여주며 차의 상태를 이야기하니 별 이유를 달지 않고 같은 차종의 얼마 사용하지 않은 차를 내줬다.

왜 갑자기 RPM이 올라가지 않은 거냐고, 차에 어떤 문제가 있는 거냐고 물으니 "그해에 나온 그 차들이 가끔 그래. 그럴 땐 드라이브를 D2에 놓으면 괜찮을 텐데, 그걸 몰라서 사람들이 많이 와. 너처럼." 기가 막혔다. 그 얘길 듣고 "그럼 처음부터 설명하든가, 내가 만만해? 아니 고객을 뭐로 보고 일언반구 없이 말썽의 소지가 있는 차를 내주는 거야. 너희 일 그렇게밖에 못해? 책임자 나오라고 해!" 하고 말 한마디를 못했다. 내가 그 차를 몰고 오면서 얼마나 당황하고 놀랐는지 설명하느라 이미 너무 많은 영어를 해서 내 머릿속 엉터리 번역기가 작동할 생각을 안 했기 때문이다. 어쩔 수 없이 그나마 말이 필요 없는 무기인 눈빛을 이용해 "까불지 마." 하고 무언의 압력을 가했다(압력을 받았는지 안 받았는지 그건 난 모르겠고). 조금만 더 기운이 남았어도 가만두지 않는 건데.

어쨌든 다시 바꾼 차는 훨씬 깨끗했고 액셀도 잘 밟혔다. 이번엔 진짜 제대로 미국의 하이웨이를 느껴볼까? 우린 몬터레이를 향해 출발했다.

몬터레이

06

그 옛날 쫓기듯 미국에 와 몬터레이로 가는 길에 아빠는 비행기를 놓칠 뻔했단다.

"몬터레이라고 발음하면 못 알아듣는다. 길을 물어볼 일이 있거든 꼭 '모노뤠이'라고 해야 해. 비행기를 갈아타러 가야 하는데, 아무리 말을 해도 못 알아듣는 거야. 얼마나 당황했는지, 출발 10분 전에 겨우 탑승할 수 있었어."

미사를 드리고 나면 꼭 들렀다는 단골 쌀국숫집에서 함께 식사하면서 아빠는 몇 번이고 나에게 모노뤠이라고 발음해보라고 시켰다.

"아빠, 내가 알아서 할게. 국수나 좀 드셔."

항암치료의 후유증으로 머리카락이 자꾸 빠져 밀어버린 머리를 모자로 가린 아빠는 쌀국수에 관심이 없어 보였다. 몬터레이행 비행기를 찾던 마흔다섯의 아빠와는 전혀 다른 모습으로 모노퉤이만을 반복했다. 그때 아빠는 도대체 무슨 생각을 하고 있었을까? 어떤 것이 아빠를 이 낯선 땅으로 불러들인 걸까? 아빠에게 우리는 과연 어떤 존재였던 걸까? 말기암 환자가 돼 눈앞에 앉아 있는 아빠에게 차마 지난날들을 물어볼 수 없었다. 나는 아빠를 대신해 쌀국수를 열심히 먹었다. 웃을 일보다 울 일이 더 많은 삶이지만 그래도 웃으면서 맛있게.

몬터레이에는 이모할머니가 살았다. 아빠의 이모가 아니라 엄마의 이모. 추리해보면 아빠가 미국으로 떠날 때 엄마에게서 도망친 건 아닌 듯하다. 만약 우리와의 연을 끊을 생각이었다면 발음하기도 어려운 처이모가 사는 곳에 어렵게 찾아가진 않았을 거다. 이런 진부한 표현 쓰기 싫지만 운명의 장난이었다. 앞이 보이지 않는 삶, 먼저 가서 자리를 잡고 잘살아보려던 의지. 세상은 만만하지 않고 한 인간의 뜻대로 돌아가지 않는다.

꿈을 좇아갔으나 조국에서보다 더 처절하게 살아남아야 했던 아빠는 몇 년 후 서류상 이혼을 요구했다. 영주권을 얻기 위해서라고 했지만 절망스러웠다. 딸이 셋, 적어도 보수적인 사회에서 이혼가정 자녀로 낙인찍힐 자식들의 심정은 헤아렸어야 했다. 아빠라면 그래야 했다. 그러나 그는 자신의 생존이 더 중요했다. 친할머니와 고모는 자신들 핏줄의 안정을 위해 모함을 서슴지 않았다. 애들 엄마에게 남자가 생겼다는 말 같지도 않은 소문을 아빠는 믿었다. 아니 믿는 척했다. 그 소문으로 자신의 결정을 정당화하려고 했다. 그 소란이 벌어질 때 나는 그저 조용히 마음에서 아빠라는 존재를 버렸다. 그리고 기댈 수 있다고 생각했던 어른이라는 모든 언덕을 부쉈다. 내가 아닌 누군가에게 무언가를 기대하는 비참한 삶을 절대 살지 않기로 했다.

살아보니 이혼은 결혼과 같은 선택의 문제 중 하나라는 걸 알겠다. 잘못된 것도 나쁜 것도 아니라는 것도 알겠다. 그러나 그땐 몰랐다. 힘들었다. 나를 이해하는 데 어떤 도움이 되는지 모르겠지만 사람들은 우리 부모에 대해 궁금해했다. 아빠는 뭐해, 엄마는 뭐해, 집이 어디야 하고 묻는 그들 앞에서 우리 엄마 아빠는 이혼했다고 고백하게 될 때마다 온몸에 힘이 들어갔다. 아무렇지 않은 척했지만, 늘 공포를 이겨내듯 안간힘을 다했다. 회사에 들어갈 때, 새로운 친구를 사귈 때, 시부모님께 처음 인사를 드릴 때, 동생들 결혼 준비를 할 때, 아이에게 할머니 할아버지가 따로 떨어져 사는 것을 설명해야 했을 때.

애너하임에서 몬터레이까지 가는 길은 지나온 시간보다 더 길고 길었다. 별다른 교통체증 없이 이어진 미국의 하이웨이는 이런저런 생각하기에 딱 좋았다. 액셀을 밟으며 닳아버리는 기름 속에 그 기억들을 몽땅 부었다. 그저 같이 휘발되어 날아가버리길.

제임스 딘이 사고를 당했다는 제임스 딘 메모리얼 하이웨이를 지나 한참을 더 달렸다. 갈 때와 비슷한 시간인데 아이는 갈 때와 전혀 다르게 행동했다.

"왜 이렇게 오래 걸려? 언제 도착해?"

"미국이잖아. 한참 걸려."

"아직이야? 몇 분 남았어?"

"그냥 자. 깨워줄게. 아직도 멀었다니까."

"빨리 가면 좋은데."

애야, 여기는 우리나라보다 더 큰 미국이고, 차로 가는 이 길에서는 안전을 위해 속도를 지켜야 해서 생각처럼 빨리 갈 수 없단다. 앞에 차들이 저렇게 많은데 엄마만 빨리 가겠다고 했다가 사고라도 나면 큰일이잖니. 조금만 참고 기다리렴. 지루하면 잠을 청해보는 게 어떻겠니. 엄마가 자장가라도 불러줄까, 하고 말하는 고상한 엄마가 못 되는 나는 버럭 고함을 쳤다.

"화장실 들어갈 때 나올 때 이렇게 달라도 되는 거야? 디즈니랜드 갈 때는 하나도 안 힘들다더니. 그때랑 똑같이 시간이 걸리는 건데, 왜 자꾸 물어. 엄마도 운전하느라 힘든데, 어쩔까? 막 빨리 달려서 사고 날까? 응?"

이내 아이는 조용해졌고 나는 바로 후회했다. 피곤하고 힘들어도 아이의 이야기에 귀 기울이고 조곤조곤 종달새처럼 답해주는 엄마가 되었으면 했다. 하지만 독수리가 종달새처럼 살기는 힘든 일이다. 한두 시간을 더 달린 뒤 드디어 몬터레이, 아니 '모노뤠이'에 도착했다. 할머니 댁인 퍼시픽 그로브로 가는 길은 꼭 우리 동네 같았다. 사철나무들이 우거진 산길이며 기분 좋게 축축한 공기가 너무 닮아 놀랄 정도였다.

"엄마 꼭 가평 같아."

"진짜 그러네, 우리 동네 중미산 넘어가는 길 같네."

"가평은 잘 있을까? 여름이라 사람들 많겠다. 난 사람들 많아지는 거 싫은데. 조용한 우리 동네가 좋아. 평화롭잖아."

낯설지 않은 낯선 동네에 있는 이모할머니 댁에는 옛이야기들이 가득했다. 유난히 한국을 좋아해 자주 방문했던 할아버지의 지난 기록들이 눈앞에 펼쳐졌다. 그 기록 속의 나는 조연이었지만 주연만큼 행복해 보였다. 아 사실 나는 행복한 사람이었지. 나이 마흔, 아빠를 만난 뒤 아빠와 헤어졌던 스물 이후의 삶에 대해서만 생각했었다. 할머니 댁에 있는 어린 시절 사진을 보고 문득 부족할 게 없던 20년의 세월이 떠올랐다. 예쁜 엄마와 재미있는 아빠, 귀찮지만 귀여운 동생들, 살가운 이모, 사랑을 듬뿍 주었던 푸근한 외할머니, 인자한 외할아버지. 잘 만들어진 울타리 안에 그들과 함께 편안하던 때. 그 시절 또한 나를 만든 시간인 것을. 밝은색에 검정 크레파스를 칠한 듯 깜깜한 어둠에 숨어 있던 과거를 돌아봤다. 그리고 그 속의 아빠를 기억했다.

몬터레이

07

아빠는 골프를 좋아했다. 한국에 있을 때도 테니스며 볼링, 스키 등 이런저런 스포츠를 즐겼던 아빠는 미국에서 골프를 배웠다. 천차만별이지만 돈이 많지 않아도 얼마든지 골프를 즐길 수 있는 인프라가 형성된 미국에서 이 재미있는 스포츠에 빠진 아빠는 종종 골프 이야기를 했다. 사위들과 라운드 한번 해보고 싶은데, 우리 사위들은 왜 골프를 치지 않느냐고 말할 때마다 나는 눈을 흘겼다.

"먹고살기 힘들어서 안 돼, 남들처럼 장인이 머리 올려주고 클럽 사주는 것도 아닌데 골프는 무슨 골프야."라는 쓴소리도 꼭 덧붙였다. 그때마다 겸연쩍어하던 아빠의 웃음을 기억한다. 그 웃음과 마주하면 난 늘 고개를 숙였다. 어쩔 수 없이 밀려오는 복잡한 생각 때문인지, 페블비치 골프장을 만났을 때 조금 데면데면했다.

골프를 좋아하는 사람들이 손꼽는다는 페블비치 골프장은 멋졌다. 너른 잔디 위를 달리는 소울이를 쫓아 나도 잘 다듬어진 잔디를 밟아보았다. 우리는 양팔을 벌리고 바람의 저항을 받으며 이륙하는 새처럼 이쪽에서 저쪽으로 달렸다. 우리 딸은 바람이 간지럼을 태우는지 계속해서 까르르 웃음을 멈추지 못했다. 내가 골프를 좋아해 그곳에서 골프를 쳤다면 매우 섬세한 묘사가 가능했겠지만, 골프에 관심이 없는 나에게 그곳은 그냥 멋졌다. 영국 귀족처럼 잘 차려입은 골퍼들이 바닷가를 배경으로 골프를 치는 모습도 멋졌고, 나쁜 남자처럼 거친 척하지만 사실은 부드러운 파도가 잔디와 나란한 것도 멋졌다. 손으로 가꾼 자연과 정제되지 않은 자연이 한 바람 속에서 움직였는데, 그 풍경을 안락하게 감상할 수 있는 레스토랑의 테라스도 매우 멋졌다. 고급스러움이 뚝뚝 흐르는 호텔 로비와 카페도, 호텔을 드나드는 차들도, 차에서 내리는 사람들의 여유 있는 미소도 모두 멋졌다. 그게 다였다.

각자의 기억이 그러하듯 모든 아름다움 또한 주관적인 것이다. 관심사에 따라 대상 혹은 상대의 가치가 달라진다. 그래서

삶은 마음먹기 나름이다. 보려는 의지에 따라 좋은 것만 볼 수도 있고 나쁜 것만 보일 수도 있다. 누군가에게 멀쩡하고 멋진 남자가 누군가에게 한없이 별로이거나, 최고 미인이라고 극찬하는 친구의 여자가 내 눈엔 그저 그럴 수도 있다.

내 마음을 사로잡은 건 오히려 골프장을 지나 달렸던 17마일 드라이브 코스였다. 페블비치 골프장을 소유하고 있는 페블비치 사가 만든 사설 도로라는 게 그 낭만적인 풍경에 찬물을 끼얹긴 하지만 그래도 매우 아름다웠다. 동네 주민인 이모할머니 덕에 공짜로 드라이브를 즐겼어도 이 아름다운 자연을 누군가 '소유하고 있다'는 것이 영 탐탁지 않았다.

그 도로를 따라 달려서 동화처럼 아름다운 카멀 바이 더 시(이하 '카멀')를 지나 빅서에 다다랐을 때, 순식간에 모든 잡념이 사라지는 듯했다. 눈앞에 펼쳐진 산 아래의 거대한 바다. 바다는 최고의 오케스트라가 연주하는 베토벤 교향곡처럼 웅장했다.

일부러 영화적 편집이라도 한 듯 유난히 크게 다가온 바다를 보며 오랜만에 나의 하찮음을 새삼 떠올렸다. 그저 저 바다 위 작은 점 하나인 것을, 무얼 그렇게 애원하고 매달리고 서운해하며 살았나. 산 중턱 전망대에 차를 세우고 내려서 다른 점들과 어울려 한참 그 풍광을 구경했다. 짙은 바다는 모든 것을 아는 듯 모르는 듯 능글맞게 자기 자리를 지켰다. 캘리포니아에 발을 들이고 처음으로 가슴이 뚫리는 기분이었다.

몬터레이

08

여행을 하고 돌아오면 뭔가를 사오지 않은 것에 대한 아쉬움이 가장 크게 남고는 한다. 있어도 살고 없어도 사는 거, 밥만 조금 덜 먹어도 아니 그냥 밥만 먹고 디저트, 커피, 술 이런 것만 안 먹어도 될 것을 그냥 사올걸. 언제부터 그렇게 알뜰했다고 그 귀한 물건을 안 사오고 놓쳤나 하는 후회가 꽤 오래간다. 이상하게 누가 시킨 것도 아닌데 뭐에 홀린 듯 평소의 나라면 일단 사고 봤을 아이템을 맥없이 포기해버리는 사태가 여행 중 종종 일어난다. 한국에서는 영(靈)이 참 맑은 난데, 낯선 곳을 떠돌며 때가 묻어 그런지 지름신이 가끔 내 곁을 떠나버리는 순간.

카멜은 마치 유럽 어느 구시가 같았다. 경부고속도로만큼 넓은 동네 도로를 사이에 두고 단조로운 단층 건물들이 늘어선 새너제이와는 다르게, 미드 〈길모어 걸스〉에 나오는 스트로베리 필드처럼 예쁜 마을이었다. 우리는 유럽에 산 적도 없지만 유럽을 여행해 그곳을 그리워한다는 이유로 그 동네가 무척 마음에 들었다.

바닷가도 정말 예뻤다. 모래사장엔 이미 사람들로 가득했다. 잠깐 앉아서 놀다 가볼까 하고 자리를 찾는데, 카멜 해변에 갑자기 나타난 바다사자에 모든 부모들이 똑같은 소리를 냈다.

"저기 봐! 바다사자야!"

나도 소울이의 손을 잡고 수면 위로 머리를 내보냈다 다시 사라지는 바다사자를 가리켰다. 소울이는 무덤덤하게, 아 그래 하더니 잠깐 놀고 싶다고 했다. 수영복도 갈아입을 옷도 준비해가지 않았지만 마음대로 하라고 풀어줬다. 아이는 바지를 걷더니 신이 나서 바다로 뛰어 들어갔다. 가만 보니 놀이랄 것도 없었다. 모래사장 끝까지 갔다가 파도가 밀려오면 도망오는 게 전부였다. 갈아입을 옷이 없다는 게 오히려 그 놀이를 더 재미있게 한 모양이었다.

바다사자고, 눈부신 카멜 해변이고 관심 없다는 듯 소울이는 진지하게 파도를 기다렸다. 곤충처럼 모든 더듬이를 파도에 맞추고 있다가 소금쟁이라도 된 듯 팔짝팔짝 뛰며 달아났다. 웃음을 멈추지 않은 채, 지치지도 않고 같은 걸 반복했다. 나중에 겨우 아이를 진정시켜 바다를 빠져나오면서 뭐가 그렇게 재미있었냐고 물었다. 대답은 명쾌했다.

"꼭 이유가 있어야 해?"

그렇지, 꼭 이유가 없어도 재미있으면 그만이지. 모든 일에 이유가 따를 필욘 없지. 그래, 딸. 앞으로도 이유 따위 찾지 않는 즐거운 시간을 많이 가지렴. 인생에 그런 시간을 많이 갖는 게 부자인 것 같아, 엄마는.

해변에서 이유 없이 신이 났던 놀이를 마치고 카멀을 둘러봤다. 실제로 예술가들이 많이 살고 있다는 한적한 마을에는 예쁜 집들이 가득했다. 남의 집 구경을 마치고 다운타운으로 가니, 아기자기한 가게들이 문을 활짝 열고 버선발로 반겨줬다. 그 마중에 답례라도 하듯 맨 아래부터 하나하나 모든 가게를 들렀다. 그리고 프라하 구시가 어디쯤 같은 작은 레스토랑에서 커피와 음료를 마신 후 갔던 편집숍에서 그 책을 봤다. 지금까지도 사오지 않아 후회하고 있는 바로 그 책. 엄마가 딸에게 해주는 메시지들을 모아 놓은 책이었다.

여행을 할 때면 두꺼운 책을 늘 지니고 다니는 소울이는 이미 계단 옆에 자리를 잡고 앉아 책을 읽고 있었다. 아이에게 책은 엄마가 딴짓을 해서 심심할 때 친구나 동생을 대신하는 존재다. 내가 여행지에서 쇼핑을 하거나, 이국의 공원에 앉아 사색을 할 수 있는 것도 다 책 덕분이다. 그래서 무겁고 귀찮아도 작은 트렁크 가득 아이가 읽을 책을 넣어간다. 그날도 역시 책 읽는 딸의 배려로 한참 서서 책을 훑어볼 수 있었다.

책 속에 있는 대부분의 메시지는 내가 들었거나 혹은 내가 아이에게 해주고 싶은 이야기들이었다. 슬슬 책장을 넘기는데 제니퍼네 엄마 캐럴 아줌마의 당부가 눈에 들어왔다.

"French kissing is the step before sex."

내 또래들이 거의 그렇듯 부모에게 성교육을 받아본 적이 없었다. 나 또한 아이는 어떻게 생기는 거냐는 그런 낯뜨거운 질문을 한 번도 한 적 없는 아이였다. 〈주말의 명화〉를 보다가 주인공들의 포옹만 해도 괜히 자는 척을 하거나 물을 마시러 가던 내게, 캐럴 아줌마의 한마디는 매우 신선했다. 지금이야 깊은 키스가 없는 섹스란 공허할 뿐이니, 사랑 없는 섹스를 하지 말아라, 라고 문장 바깥의 의미까지 헤아릴 수 있지만 나는 몰라도 너무 모른 채 스무 살을 맞았다.

딸에게만큼은 그런 20대를 보내게 하고 싶지 않다. 캐럴 아줌마처럼 왜 딥키스를 해야 하는지, 섹스 전에 어떤 스텝을 밟아야 하는지, 섹스는 삶에 어떤 의미를 주는지 알려준다면 좀 더 실수가 적은 20대를 보내지 않을까? 그 책을 사지 않은 것을 후회한다. 책을 사서 캐럴 아줌마 메시지 부분에 포스트잇을 붙여놓고 어느 날 그걸 발견한 소울이와 자연스럽게 섹스 이야기를 나눌 수 있었을 텐데. 하지만 카멀에 다시 갈 순 없고, 그래서 난 지금 이렇게 내 책에 매우 여러 번 "French kissing is the step before sex."라는 조금 남우세스러운 메시지를 적고 있다. 이렇게 해놓으면 내 딸에게 이제 때가 되었으니 엄마의 세번째 책 몇 페이지를 펴거라, 할 수 있겠지.

왠지 기대된다. 젖가슴이 나오고 허리가 들어가기 시작한 딸과 '남자' 이야기를 나눌 날이. 그날을 위해 무언가 준비를 좀 해둬야겠다. 어떤 준비인지는, 비밀이다.

몬터레이

09

몬터레이에서 한 마지막 식사는 할머니가 운영하는 린다미용실에서 먹은 테이크아웃한 돼지고기숯불고추장구이 정식이었다. 근처에 한국인이 하는 식당에서 가져온 거라고 했다. 잘 버무려진 양념에 상추쌈까지 제대로 된 한상이었다.

할머니는 도착한 날부터 내내 푸짐한 식사를 챙겼다. 첫날 LA갈비를 산만큼 구워주고, 둘째 날은 고기가 듬뿍 들어간 김치찌개와 아티초크를 삶아줬다. 몬터레이에 왔으니 특산품인 아티초크를 먹고 가야 하지 않겠냐며 오랫동안 삶더니 먹는 방법을 알려줬다. 잎사귀 같은 한 부분을 떼어내 두툼한 아래쪽에 마요네즈를 찍고 아랫니로 쓱 긁어먹는 거라고 했다. 외할머니가 자주 데려갔던 절에 걸린 연등처럼 생긴 아티초크는 조금 귀찮았지만, 두런두런 가족들이 둘러앉아 수다 떨며 먹기 좋은 음식이었다.

다음 날은 경치가 끝내주는 빅서 꼭대기에 있는 레스토랑에서 햄버거를 사주셨다. 빅서에서 서(sur)는 서피스(surface)의 미국식 표현인데, 인간의 손이 닿지 않은 아니 닿을 수 없는 자연 그대로의 것들이 남아 있는 곳이었다. 레드우드가 쭉쭉 뻗은 정상에 오르며, 당신이 나처럼 아이를 키울 때 이곳에 와 캠핑을 하고 계곡물에서 아이와 놀았다면서 "참 행복한 시간이었어, 정말 좋았지"를 몇 번이고 반복했다. 햄버거를 먹고 다시 내려오는 길, 산과 바다와 나무와 구름과 바람과 햇살이 다 함께 내 등을 토닥였다. '아이와 함께 이 풍경을 보고 있는 지금 이 순간이 가장 귀한 시간이야' 라고.

우리가 떠나기 전날에는 일부러 다닌다는, 차로 20분쯤 가야 하는 멕시칸 요릿집에도 데려갔다. 식사를 마치고 할아버지 할머니와 몬터레이 바닷가를 산책하면서, 비석 대신 누구나 쉬어갈 수 있도록 만든 이름 모를 이의 추모 벤치에 앉아 파도 소리를 들었다. 신데렐라와의 대화 이후 다시 영어로 말하는 일이 쑥스러워진 소울이는 한국말을 쓰지 않는 할아버지와 데면데면했다. 배시시 웃기만 할 뿐 말하지 않는 아이였지만, 할아버지는 나에게 아이를 잘 키웠다고 했다. 늘 책을 들고 다니며 읽는 걸 보고 습관을 잘 들였다며 칭찬해주셨다.

몬터레이에 있는 내내 환대를 받고 칭찬을 들었다. 마치 엄마 아빠가 반겨주는 안락하고 포근한 고향집에 간 것 같았다. 몇 날 며칠을 그렇게 현실을 잊고 지냈다.

10

몬터레이에서 새너제이는 세 시간이 채 걸리지 않았다. 어느새 몸이 미국 도로에 알맞게 맞춰져서인지 운전하는 것도 힘들지 않았다. 다시 호텔에 짐을 풀고 아빠에게 갔다.

근 열흘 만에 본 아빠는 병색이 완연했다. 눈에 띄게 야위었고 말하는 것도 버거워했다. 집에는 환자용 침대가 놓여 있었고, 그곳에 누워 움직이지 않았다. 우리가 떠나기 전엔 그래도 침실에서 거실로 걸어나와 TV를 보기도 하고 함께 식사도 했는데 이젠 리모컨을 작동할 줄도 몰랐다. 채널 91을 찾으면서 숫자 9와 1을 누르는 걸 헷갈려 했다. 그리고 며칠 전부터 통증 완화를 위해 모르핀이 들어간 독한 약을 8번에 나눠 먹는

다고 했다. 아빠는 그 약이 어떤 약인지 아는지 모르는지 약만 먹으면 아프지 않아 좋다면서, 역시 미국이라고, 자신의 삶을 허무하게 끝내는 데 일조한 나라를 치켜세웠다.

잘 시간이 되어 일어서려고 하자 아빠가 제일 좋아하는 햄버거라며 내일은 인앤아웃버거를 먹자고 했다. 알았다는 말을 남기고 돌아오는 길에 위스키를 샀다. 아이를 재워놓고 호텔 방에서 혼자 마시며 내가 아이만 할 때를 추억했다. 출근할 때면 동생과 내 손바닥 위에 놓아주던 100원짜리 동전, 큰딸 중학교 입학한다고 기뻐하며 함께 가 맞춰준 교복, 양복을 입고 회사 가는 길에 전해준 두고 온 도시락, 첫 생리 때 여자가 된 걸 축하한다며 사온 케이크, 출장길에 사다준 미제 색연필, 중학생이 되면 꼭 비행기를 태워주겠다던 약속. 행복하게 살고 싶었을 텐데, 아빠도 우리를 이렇게 외롭게 두고 싶진 않았을 텐데. 약속한 시간, 약속한 세상, 약속한 인생.

다음 날 점심시간에 맞춰 호텔 건너편에 있는 인앤아웃버거에 들렀다. 깨끗한 기름을 써서 신선하고 맛있다는 아빠의 말이 귀에 웅웅 울리는 것 같았다. 소울이도 할아버지의 이야기를 기억하는지 할아버지가 좋아하는 햄버거집에 왔다며 좋아했다. 감자튀김을 꼭 시켜달라는 말을 덧붙이면서.

지금도 기억한다. 내가 주차했던 차 옆에 나와 같은 차종인 회색 차가 섰고 그 차에서 예쁜 금발 아줌마가 내린 것, 영수증 번호가 42번이었던 것, 눈이 동그랗던 여자 직원이 주문을 받고 인상 좋은 통통한 남자 직원이 햄버거를 건네준 것. 왜인지 모르겠다. 왜 인앤아웃버거에서의 짧은 시간이 마치 도장이라도 찍은 듯 기억 속에 남아 있는 것인지.

인앤아웃버거에 아빠와 함께 가고 싶었다. 그곳은 아빠가 한국에 와서 자랑하는 레퍼토리 중 하나였다. 뭘 먹어도 푸짐하게 나온다는 한국 음식점 비원과 국물 맛이 끝내준다는 쌀국숫집은 같이 갔는데 인앤아웃버거에는 함께 가지 못하고 내가 배달을 해야 해서 좀 서운했다. 그래도 함께 먹을 수 있으니 다행이라고 생각했다. 그러나 아빠는 함께 먹지 못했다. 음식을 씹어 넘기는 게 너무 괴롭다며 나중에 먹겠다고 했다. 그저 우리 먹는 것만 바라보며 가끔 빨대로 겨우 물을 마셨다. 소울이는 본능적으로 지금 자신이 그것을 먹어야 다른 사람들의 마음이 덜 불편하다는 것을 아는 것 같았다. 아빠 몫의 햄버거는 포장해온 그대로 식탁 위에서 굳어갔다.

식사가 끝나고 아빠는 침대 머리맡에 있는 스마트폰만 한 녹음기 같은 것을 달라고 했다. 투병 소식을 듣고 미국에 간다고 했을 때 나에게 부탁했던 것이었다. 트로트만 담겨 있는 MP3 플레이어. 함께 놓인 노래방 책자처럼 작은 책자에는 번호 순서대로 제목과 가수 이름이 나열돼 있었다. 그러나 그것은 내가 가져간 게 아니었다. 나는 가는 날까지 구하지 못했다. 아니 구하려고 하지 않았다. 노인네, 그런 게 어디 있다고 사다 달래. 〈가요무대〉를 즐겨보고 어디서든 마이크 잡고 노래하길 좋아하던 아빠를 아는 터라, 일단 트로트 음원을 찾아봤는데 쉽지 않았다. 난 금방 포기했다. 뭐 이런 걸 부탁해. 귀찮고 짜증이 나서 못 구했다고 퉁명스럽게 말하고 말았다. 그런데 우리가 여행 가 있는 동안 그걸 교포들 사이에서 구한 모양이었다.

"재영아. 〈애수의 소야곡〉 틀어봐라."

"버전이 엄청 많아. 누가 부른 거로 해?"

"남인수. 아빠가 제일 좋아하는 노래야."

애수의 소야곡이 흘러나오자 아빠의 발이 까닥까닥 움직였다. 입가에 미소도 보였다. 말하기 힘들지 않았다면 분명 따라 불렀을 거다. 저 아픈 와중에 리듬을 타다니, 대단해. 우리 아빠 그런 사람이었다. 술을 한 방울도 못하면서 흥이 많아 어느 자리에서나 분위기를 주도했다. 남의 집 환갑 칠순, 전문 사회자였고 초대가수였다. 어떤 자리 누구라도 혼자 소외되거나 즐겁지 않으면 안 되는 사람이었다. 가족 장기자랑을 좋아해 다른 가족과 함께 휴가를 떠나면 우리 가족은 손을 잡고 다 같이 노래를 불렀다. 아빠가 있는 곳은 언제나 유쾌했다. 사람들은 언제나 아빠를 찾았다. 일이 잘못되고 가끔 나에게 쓴소리를 들어도 잠깐, 금방 마음을 풀었다. 좋은 게 좋은 거고, 웃으며 살기를 원했다. 아빠는 우리에게 다른 사람들을 기분 좋게 웃기는 재주, 무슨 일이 있어도 긍정적으로 생각하는 천성을 물려줬다. 큰 재산이다. 그 덕에 우리 자매는 엄마 아빠가 헤어진 후 지금까지 밝다. 집안 사정을 일부러 캐묻거나, 말하지 않으면 아무도 우리의 처지를 모를 정도로.

이 음악 저 음악을 듣고 나니 어둠이 깔렸다. 다음 날은 우리가 샌프란시스코로 떠나기로 돼 있었다. 그곳에서 사흘을 머물고 한국으로 돌아갈 예정이었다. 아빠는 짐도 싸고 해야 하니 어서 가라고 채근했다. 여기까지 왔으니 샌프란시스코 다운타운을 꼭 보고 가야 한다며, "몸이 괜찮으면 소살리토도 데려가고 싶은데."라며 아쉬워했다. 사실 그 옆에서 할 게 없었다. 해줄 수 있는 게 정말 없었다. 아이도 심심해하니 그만 가야겠다는 생각이 들 즈음이었다. 못 이기는 척 자리를 털고 일어서며 말했다.

안 넘어가도 밥 잘 먹고 몸 좀 추스르라고, 잘 버티고 있으면 내년에는 김 서방과 함께 오겠다고. 아빠는 김 서방 귀를 걱정했다. 평소에도 소음성 난청으로 10년 전부터 한쪽 귀가 잘 들리지 않는 사위를 늘 안타까워했다. 얼마나 답답하겠냐며 재주만 있으면 뻥 뚫어주고 싶다고 했다. 나더러 네가 잘 좀 해주라며 당부를 잊지 않았다.

"걱정 마, 내가 알아서 잘해. 그런 걱정 말고 아빠 몸이나 챙겨."

다음 차례는 손녀딸. 소울이에게는 지금처럼 엄마 말 잘 듣고 공부 잘하라는 덕담을 했다. 그리고 우리 자매들에게 한마디씩을 했다.

"너는 옷을 좀 청순하게 입고 다녀. 애 엄마가 그게 뭐냐. 그리고 둘째는 술 좀 적당히 마시라고 해. 지난번에 여기 왔을 때도 보니까 혼자 맥주 사다 마시고 자더라. 아니 나는 술을 하나도 못 하는데 딸들은 왜들 그렇게 술을 좋아해. 그리고 막내는 좀 빨리빨리 움직이라고 해라. 어려서부터 잠이 많더니 아빠가 빨리 보고 싶은데 아직도 안 오고 말이지…."

폐가 다 쪼그라들어 숨이 안 들어가는 듯 겨우겨우 나오는 목소리로 끝까지 천천히 말했다. 나는 픽 웃음이 났다. 곧 한국으로 돌아가 한참 후에나 볼 딸한테 할 말이 "옷 좀 청순하게 입어라."라니. 지지 않고 나는 "아빠 닮아 얼굴이 청순하지 않아서 나한텐 청순한 스타일이 안 어울려."라고 대꾸했다. 이번엔 아빠가 웃었다. 말하는 데 모든 기운을 쏟아낸 듯 얼굴은 활짝 웃는데 소리가 나지 않았다. 아빠의 웃음은 고요한 공간에 그저 소리 없이 떠다녔다.

샌프란시스코에 도착해 연락하겠다고 말하고 돌아오는 길에 마트에 들러 로스트 치킨과 캘리포니아산 와인을 한 병 샀다. 번듯한 레스토랑에 들어가 먹을 마음이 도무지 나지 않았다. 소울이에게 밥 대신 치킨을 먹이고, 짐을 싸고, 새벽녘까지 와인을 마셨다. 그때까지도 아빠가 환자라는 게 믿기지 않았다. 마지막을 준비하고 있다고도 생각하지 않았다. 아빠가 잘 버텨줘서 다시 이곳을 찾기를 바랐다.

와인 한 병을 다 비우고 깜빡 잠이 들었는데, 전화벨이 울렸다. 도착해서 전화한다니까, 가기 전에 또 확인 전화를 하시네. 비몽사몽 받은 전화 너머, 아빠가 돌아가셨다는 소식이 들려왔다. 새벽 6시쯤이라고 했다. 마지막 가는 길 성모님께 기도하며 평온하게 눈을 감았다고 했다.

11

"옷 좀 청순하게 입어라"는 아빠의 유언이 됐다. 지킬 수 없는 유언을 남기고 가다니. '행복해라'라든가 '건강해라' 같은 거라면 오죽 좋아. 청순하지 않은 얼굴을 물려줘놓고 청순하게 살라는 건 정말 무리야, 아빠.

장례미사가 끝나고 장의사가 아빠를 샌타모니카 해변 깊숙한 곳으로 데려다준다고 했다. 고인의 뜻이었다. 이럴 줄 알았으면 디즈니랜드에 갔을 때 샌타모니카에 들러 어떤 곳인지 봐두는 건데. 후회해도 소용없는 일이다. 장례 절차는 간단했다. 아침 일찍 장의사가 와서 시신을 모셔갔다가 생전 고인이 좋아하던 양복을 입히고 곱게 화장을 해 반듯하게 관에 안치

해왔다. 성당 한가운데 둘째 동생 결혼식 때 입었던 양복을 입고 누워 있는 아빠를 모시고 미사를 드렸다. 이게 다였다. 너무 간단해서 사람이 죽었다는 게 믿기지 않을 정도였다. 한 번도 본 적 없는 아빠의 지인들이 나를 에워싸고, 참 좋은 분이셨다며 아빠 덕분에 우리가 많이 즐거웠다고 인사를 했다. 이 사람 저 사람 몰려와 절을 하며 정신을 빼놓고, 향을 피우고, 염을 하며 곡을 하는 일은 없었다. 미국의 장례는 참 쿨했다. 간간이 흐느끼는 소리가 들릴 뿐 누구도 슬픈 분위기를 조장하지 않았다. 가족 친지들이 모두 모였다면 또 달랐을까? 어쨌든 쿨한 그곳의 장례 분위기에 맞춰 나도 덤덤하게 장례를 치렀다. 미사를 드리면서도 얌전히 고개만 숙이고 있을 뿐 동요하지 않았던 소울이가, 햇살 환한 마당에 나와 성모님 앞에 서자 울음을 터뜨렸다. 아이가 감당하기는 어려운 시간이었으리라. 그 시간을 함께해준 게 미안하고 고마워서 나는 아이를 꼭 안으며 당분간은 아이 앞에서 울지 않기로 했다.

모든 일이 마무리된 후에도 새너제이의 하늘은 변함없이 맑았고, 한결같이 새파랬다. 소울이를 위한 다짐이 아니더라도 그 하늘 아래서 도무지 울게 되지 않았다. 늘 똑같은 하늘이 비정상인 건지 내가 이상한 건지. 떠나는 날까지 내내 그랬다.

그런데 뜻밖에 한국에 돌아오자 눈물이 터져나왔다. 때론

흐리고, 때론 맑고, 때론 무시무시한 먹구름을 이고 매일 달라지는 하늘 아래서 나는 매일 다르게 슬펐다. 나의 슬픔을 누구도 모른다는 게 슬펐고, 나눠달라 부탁하지 못해 슬펐다. 인사조차 없는, 나이만 먹었을 뿐 아량이라곤 조금도 없는 친척 어른들 때문에 슬펐고, 부모를 잃고 3일 동안 위로를 받으며 마음껏 슬퍼할 수 있는 친구들이 부러워서 슬펐다. 다시 기댈 곳 없이 혼자 견뎌야 하는 게 슬펐고, 운명에 순응하고 결국 씩씩해진 내가 슬펐다.

장례미사를 지내고 예정보다 사흘 늦게 샌프란시스코 다운타운으로 향했다. 돌아가는 날짜를 늦추고 샌프란시스코에 호텔을 잡았다. 며칠 간 다운타운을 좀 둘러보고 갈 생각이었다. 다른 사람도 아니고 아빠의 장례를 치르자마자 여행이라니. 아무리 떨어져 살았던 아빠라지만 너무하다고 혀를 찰지도 모르겠다. 그러나 너무 갑작스럽게 일어난 일에 완충재가 필요했다. 나도 나지만 특히 소울이에게.

소울이는 겁도 많고 예민한 아이다. 어려서부터 작은 일에 잘 놀라고, 낯선 환경에서 혼자 있는 걸 끔찍하게 싫어했다. 두 돌 때까지 내가 운전하는 차 뒷좌석 베이비시트에 앉아 터널을 지나면 자지러지게 울었다. 네 돌이 지나도록 단둘이 집에 있을 때면 설거지할 때도 다리에 붙어 있기 일쑤였고. 초등학교 입학하던 해 친할머니가 돌아가신 걸 본 후 죽음에 대한 공포로 힘들어했다. 엄마 아빠가 죽는 꿈을 꾸었고, 갑자기 엄마 아빠가 사라질 것 같아 무섭다며 학교 가는 것도 힘들어했다. 어려서부터 소울이를 봐줬던 소아과 선생님과 상담을 해보니 기질적으로 예민한 아이라 없던 분리불안이 생긴 것이었다. 아이 마음이 안정될 때까지 한동안 엄마가 어디 가지 않는다는 걸 확인시키고 학교 앞을 지켜야 했다.

조금 자랐다지만 그게 불과 1년 전 일이니 걱정이 됐다. 당장 표현은 하지 않았지만 할아버지의 마지막 모습을 다 지켜봤던 아이가 받은 충격을 희석해주고 싶었다. 가까운 사람과 새로운 장소에서 새로운 것들을 보면 좀 나아지지 않을까 생각했다. 백퍼센트 효과가 있었던 것은 아니지만 그래도 그 방법이 아이에게 어느 정도 긍정적인 영향을 미쳤다. 집으로 돌아온 아이는 또다시 엄마 아빠가 갑자기 사라질까 봐 겁을 냈지만 오래가지 않았다. 한참 후에 아이의 기억 속 2학년 여름방학 여행이 '외할아버지의 죽음'으로 귀결되지 않는 걸 확인했다. 어느새 자란 아이는 외할아버지의 죽음을 아니 '죽음'이라는 것 자체를 받아들였다. 1년 후 아빠의 기일에 나눈 대화를 보면 알 수 있다. 다들 바빠 대표로 소울과 내가 성당에 들러 미사를 드리고 그냥 가기 헛헛해 카페에 들렀는데 소울이가 갑자기 물었다.

"그런데 엄마, 아빠는 원래 종교가 없었다던데 왜 성당에 나가게 된 거래?"

"어느 날 문득 죽음이 너무 두렵더래. 기댈 곳을 찾은 거지."

"죽음? 그게 뭐가 걱정이라고. 뭐 사실 나도 얼마 전까지 걱정됐는데 그런 생각이 들더라고. 아직 죽음이 오지 않았는데, 생각해서 뭐 하나. 그냥 살 때 평화롭게 살다가 죽을 때 죽으면 되잖아. 그래서 난 죽음을 지웠어."

아이는 생각보다 훨씬 빨리 자란다.

샌프란시스코

12

샌프란시스코는 히피들의 고향이다. 그 시절을 겪지 않았음에도 히피 문화에 대해 많이 들었고 늘 궁금했다. 히피 스타일이 잘 어울린다는 말을 자주 들어서는 아니다. 다 내려놓고 사는 것처럼 보였던 자유분방하고 평화로운 삶이 때로 부러웠다. 네이버 지식백과에는 히피가 이렇게 정의되어 있다.

"기성의 사회통념, 제도, 가치관을 부정하고 인간성의 회복, 자연에의 귀의(歸依) 등을 강조하며 반사회적인 행동을 하면서 평화주의를 주장."

아버지를 여의고 사흘이 지나 투어버스를 탄 나는 기성의 사회통념과 제도 가치관을 부정한 히피의 모습이었다. 생의 첫 샌프란시스코 투어는 아빠와 하게 될 거라고 생각했지만, 아빠는 떠나버렸고 남은 나는 아이와의 평화와 살아남은 자들의 자유를 위해 투어 버스를 탔다. 다행히 멈출 줄 모르는 샌프란시스코의 바람이 나의 눈물을 감춰줬다.

소울이는 금문교라 부르는 골든 게이트 브리지를 지나며 바람 속에 만세를 했다. 너무 재미있다며 다시 한 번 타자고도 했다. 갑작스러운 소나기가 아니었다면 우리는 아마 샌프란시스코를 한 바퀴 더 돌았을 것이다. 나는 번쩍 치켜든 아이의 두 팔을 보며 생각했다.

'소울아, 살아보니 부모보다 내 자식이 먼저더구나. 너도 그렇게 살아라. 네 아이가 생기면 그 아이의 만세 소리를 들으며 그것에 행복해하렴. 엄마는 너로 인해 이미 충분히 행복하단다.'

캘리포니아 여행. 그래 여행이라고 해두자. 아빠와 작별 인사를 나누러 간 그 여행 이후 나는 지금까지 때때로 여전히 눈물을 훔친다. 어느 해인가 한겨울에 와서 풋고추가 있냐고 묻는 아빠에게 냉동실에 얼려 놓은 게 있다며 찬으로 내놓았다. 해동이 돼 축축하고 질긴 풋고추를 그래도 맛있다고 웃으며 먹어준 아빠 생각에, 아삭한 풋고추를 먹을 때마다 눈이 맵다.

운전할 때도, 장에서 아빠가 좋아하던 센베 과자를 살 때도, 아빠의 고향을 지날 때도, 그리고 특히 유독 청순하지 못하게 옷을 입은 날이면 괜히 울컥 눈물이 쏟아진다. 미안 아빠, 그것만은 잘 안 될 것 같아.

때로 어떤 여행은 눈물로 기억되는 법이다. 나의 첫 미국 여행이 그랬다. 절대 가지 않을 거라 생각했던 캘리포니아. 아빠는 결국 우리를 초대했다. 너무 뒤늦은 초대였지만 그래도 고마워. 잘 지내야 해. 아빠, 안녕.

디즈니랜드에는 코스튬 의상을 파는 선물 가게 안에 뷰티숍이 있다. 메이크업과 헤어 손질로 완벽한 공주로 변신시켜주는 여자 어린이들의 필수 코스. 우선 마음에 드는 드레스를 사 입은 후 아이들이 명단에 자기 이름을 적고 기다리면 프런트에서 이름을 부른다. 프린세스 올리비아! 프린세스 레이첼! 프린세스 쏘울! 공주로 불리며 공주로 변신한 뒤 진짜 공주가 된 듯 행복한 시간을 보내는 아이들.

빅서, 인간의 손이 닿지 않은 아니 닿을 수 없는 자연 그대로의 것들이 남아 있는 곳. 레드우드가 쭉쭉 뻗은 정상에 올라 다시 포인트 서를 지나 내려오는 길. 풍광. 산과 바다와 나무와 구름과 바람과 햇살이 다 함께 내 등을 토닥여주었던 시간.

200여 년 전 신대륙에 종교를 알리기 위해 건너온 수도자들의 삶이 그대로 소박하게 남아 있는 카멀의 성당. 종교인들의 욕심이 빚은 유럽의 화려한 성당들에 비해 초라하기까지 한 모습. 그러나 캘리포니아의 햇살을 받고 피어난 온갖 꽃들의 활약으로 단정하고 꾸밈없는 건물은 그 어느 성당보다 따스하고 성스럽다.

일 잘하는 사람들이 모여 사는 동네인 새너제이에는 구글과 애플 본사가 있다. 그리고 애플의 창업자이자 시대의 아이콘이 된 스티브 잡스가 나온 스탠퍼드 대학교가 있다. 엄밀히 말해 자퇴를 했고, 나중에 명예 졸업장을 받았지만, 어쨌든 스티브 잡스가 들어갔고 다녔던 학교라는 사실만으로 많은 꼬마 견학생들을 불러들이는 곳이다. 스탠퍼드 대학교 여기저기를 돌며 이 학교 어떠냐고 물어보니 우리 딸의 대답. "분교 학생 입장에서 정말 크지만, 난 분교가 좋아." 그래, 아직 소울이는 분교에 다니는 꼬맹이였다. 동기부여고 꿈이고 그런 것보다 분교 운동장에서 친구들과 뛰어노는 게 가장 큰 관심거리인 아홉 살.

LA 여행이라는 화제로 오랜만에 긴 대화를 나눈 두 사람.
마지막으로 즐거웠던 외할아버지와 손녀딸.

3

하와이

미국

한국 가평

우리의 일 몬도를 찾아서

외투를 벗었을 뿐인데 커다란 짐을 내려놓은 듯 가뿐했다. 운동화와 양말을 벗고 슬리퍼를 신으니 이번엔 새로운 자유를 얻은 것 같았다. 1월 1일, 공항 밖은 영하의 칼바람이 불고 있었다. 그러나 우리의 목적지는 하와이였다. 두꺼운 외투와 양말은 아홉 시간 후 마주칠 태양에 대한 예의가 아니었다.

여행지를 하와이로 정한 것은 뜻밖이었다. 평소 휴양지 여행은 오래하면 심심하다는 선입견이 있어 좀처럼 마음이 가지 않던 하와이. 야자수 아래 배 깔고 누워 있자고 아홉 시간 넘는 비행을 해야 한다니. 가까운 제주도에서도 충분히 누릴 수 있는데 왜 거기까지 가, 그런 생각을 하던 나였다.

그러나 무엇 때문인지, 그래 솔직히 말하겠다. 이곳저곳 어디를 갈까 쑤셔대며 온 항공사와 여행사 사이트를 부유하다가 저렴한 하와이행 항공권을 발견했다. 남은 좌석 두 석. 고민하다 놓칠 것 같아 그날 밤 바로 성인 한 명 어린이 한 명, 티켓을 샀다. 그리고 결제 버튼을 누르는 순간부터 하와이에 꼭 가야 할 이유가 오만 개쯤 생겨났다. 우선 남태평양의 진주라는 하와이를 여태까지 보지 않았다는 게 말도 안 됐고, 일생에 한 번 와이키키에서 겨울을 보내는 건 매우 근사한 일이었으며, 하와이산 우쿨렐레를 구입해 제대로 배워볼 계획을 세우면서 하와이는 나의 삶과 동맹 관계가 되었다.

내 여행에는 순서가 없다. 어떻게 정하는지, 왜 가야 하는지 그런 것들은 처음이 아니라 나중에 갖다붙여도 아무런 문제가 되지 않았다. 순서대로 학교를 마치고 취직을 하고 결혼을 하고 아이를 낳고 기르고, 순서에 맞게 야망과 욕망과 희망을 차례대로 내려놓는 길들여진 삶. 꿈을 다 증발시켜버린 채 착한 얼굴이 되어 다른 이들도 다 이렇게 사니 어쩔 수 없다고 생각하며 차근차근 살아가는 인생. 사회 구성원으로 살아가면서 순서를 따르는 건 어쩔 수 없는 일일 수도 있지만, 여행을 떠나는 건 어차피 나란히 걸어가던 줄을 이탈하는 일이니까. 그렇게 슬쩍 일상에서 빠져나와 전혀 다른 삶을 경험하는 사람에게 순서는 아무런 소용이 없다. 여행만큼은 내 마음대로 나만의 순서대로 시작해도 된다. 여행은 정말 그래도 된다.

이번 여행은 처음부터 한 달을 살아보기로 했다. 그동안 시도해보지 않은 일이기도 했고 무엇보다 도시보다 훨씬 긴, 산이 많은 시골의 겨울을 견디기 위해서였다. 한 달 동안의 하와이 여행을 소울이도 기쁘게 받아들였다. 으레 방학이면 긴 여행을 떠난다고 생각해서인지 한 달이라는 시간에도 별다른 토를 달지 않았다. 여행지에 대해서는 한 번도 가보지 않은 곳이고, 바다가 있는 곳이며, 하와이 맛집 사진을 보여준 것이 주효했다.

"우와, 거기 가면 이거 다 먹을 수 있는 거야?"

"당연하지. 이 햄버거랑, 참치 요리 봐봐. 생참치를 양념한 포케라는 음식인데, 진짜 맛있어 보이지? 우리 가서 매일 이거 먹자."

"좋아! 벌써부터 침이 고여, 엄마. 하와이 빨리 가고 싶다."

"다행이다. 좋아해줘서. 혹시 다른 데 가고 싶었다면 미안해. 이건 엄마 여행에 소울이를 초대한 거니까 이해해줘. 대신 다음에 소울이가 어른이 되면 소울이 여행에 엄마를 초대해줘. 그땐 엄마도 지금 소울이처럼 어디든 좋다고 말해줄게."

"콜!"

'콜'은 도대체 어디서 배운 거야. 뭐 시원스러워서 좋긴 하다만.

행선지와 체류 기간을 정하고 하와이 어디를 여행할까 고민을 시작했다. 수많은 섬으로 이뤄진 하와이는 큰 섬이 여덟 개. 그중에서도 오아후, 빅아일랜드, 마우이, 카우아이를 많이 간다. 네 군데 다 가는 건 무리. 무리다. 여행을 떠날 때, 특히 아이와 함께 갈 때 늘 염두에 두는 한마디가 있다.

'다음에 다시 오지 뭐!'

당장 추방당해 다신 그 땅을 밟을 수 없는 사람처럼 샅샅이 모든 곳을 다 돌아볼 필요는 없다. 설령 다시 가지 못한다 한들 무슨 상관인가. 어차피 여행지란 몸 좋은 남의 남자와 다를 게 없는데. 내가 있어야 할 곳이 아닌데, 굳이 다시 돌아가지 않아도 괜찮다. 인생에 하와이섬 전부를 보고 안 보고는 그렇게 중요한 일이 아니다.

또래에 비해 해외여행을 많이 다녀본 소울이가 꾸준히 기억하는 건 역사가 깊은 건물이나 화려한 관광지가 아니라 숙소 근처에서 매일 아침밥을 먹던 단골 레스토랑의 햄치즈 샌드위치 같은 것이었다. 생각해보면 나도 마찬가지였다. 어린 시절 가족과 함께 간 여행에서 지금까지 기억에 남는 건 아빠와 함께 한 물놀이나, 엄마가 싸준 도시락을 나눠먹던 장면들이다.

몇 해 전 〈어바웃 타임〉이라는 영화에 나왔던 〈일 몬도〉라는 곡에 푹 빠져 있었다. 도대체 어쩜 이렇게 장면에 딱 어울리는 음악을 넣었을까 궁금해 감독 인터뷰 영상을 찾아봤다. 아니나 다를까 〈노팅 힐〉 〈러브 액추얼리〉 〈브리짓 존스의 일기〉 등 워킹 타이틀 필름스의 걸출한 작품의 각본을 쓰고 연출을 한 리처드 커티스에게 이 음악은 각별했다. 50년 전 꼬마 리처드는 여름이면 가족들과 이탈리아 휴양지로 여행을 떠났는데, 어느 날 주크박스에서 흘러나오는 〈일 몬도〉를 들었다고 했다. 황홀하고 아름다운 멋진 발라드에 반해 일을 하면서 언젠가 작품에 써야겠다고 생각했고, 드디어 꼭 맞는 장면에 넣게 되었다는 것이다. 인터뷰 영상을 보고, 그의 이야기에 반했다. 그리고 격렬하게 나의 '일 몬도'를 찾고 싶었다.

나는 나의 모든 여행이 '일 몬도'를 기억하는 여행이길 바란다. 소울이가 어른이 되어서도 기억할 수 있는 일 몬도와 같은 여행의 추억을 선물하고 싶다. '일 몬도'는 매일 아침 먹던 숙소 옆 가게의 샌드위치가 될 수도 있고, 어느 날 만난 구름 한 점 없이 순결한 석양일 수도 있고, 뮤직리스트에서 무작위로 걸린 어떤 음악이 될 수도 있고, 매일 걷던 거리가 될 수도 있겠지. 우리의 '일 몬도'를 찾는 여행. 그런 여행을 해야지.

하와이에서 어떤 '일 몬도'를 찾게 될까를 생각하니 네 개의 섬을 다 거치는 여정은 의미가 없었다. 경이로운 자연을 만난다는 빅아일랜드와 하와이의 심장 오아후 이렇게 두 곳을 가기로 하고 여행을 준비했다.

하늘이
점점 내게
다가왔다

꽃을 왼쪽 귀에 꽂으면 '나는 사랑하는 사람이 있어요', 오른쪽 귀에 꽂으면 '나는 사랑하는 사람을 찾고 있어요'라는 뜻이라는 걸 몰랐다. 빅아일랜드에 도착하자마자 레이와 꽃핀부터 샀다. 아무것도 모른 채 오른쪽 머리를 쓸어올려 핀을 꽂았다. 어느 쪽이 어떤 의미인지 그때의 우리에게 그런 것은 아무래도 좋았다. 따듯한 이국의 햇살 아래, 오랜 비행의 피로는 이미 빅아일랜드 코나 공항에 내리자마자 증발해버리고 없었다.

코나 공항은 천장도 문도 뚫려 있는 곳이 많았다. 우리 곁엔 늘 햇살이 함께한다고 자랑이라도 하는 것 같았다. 습하지 않아 기분 좋게 더운 바람을 맞으며 렌터카 회사의 셔틀을 타고 예약해놓은 차를 받으러 갔다. GPS도 연결하지 않고, GPS 달린 차도 신청하지 않은 채 종이에 도로 이름만 순서대로 적어 운전을 시작했다. 하늘이 점점 내게 다가왔다. 종이를 접어놓은 듯 땅과 하늘이 반씩 시야를 차지했다. 길을 잘못 들어설까 긴장한 채 핸들을 꽉 움켜쥐었던 손에 스르르 힘이 빠졌다.

"예! 신난다. 소울아, 하와이 하늘 좀 봐! 바람 좀 느껴봐! 저 구름 좀 봐봐!"

창문을 열고 소리쳤다. 아이는 "우와 정말 예쁘다!" 하며 보조개가 움푹 파이고 눈이 없어지도록 웃었다.

그 하늘 아래서라면 어디로 가도 상관없었지만 우리는 어렵지 않게 카일루아 코나(이하 '코나' 또는 '코나 타운')에 있는 숙소 엉클 빌리 코나 베이 호텔을 찾았다. 장기투숙객이 하룻밤에 몇십만 원이나 하는 고급 리조트에 머무는 것은 어려운 일이므로 시내에서 멀지 않고 저렴한 숙소를 찾아 예약한 곳이었다. 역시나 별도의 덧문 없이 개방된 로비에서 꽃을 귀에 꽂은 직원들이 우리를 반겼다.

"건너편 건물 3층으로 가면 되고, 조식은 열 시까지예요."

간단한 체크인을 마치고 방을 찾았다. 3층 건물의 3층. 엘리베이터는 화물용인지 투박했다. 내 물건 하나, 아이 물건 하나, 머물며 읽을 책이 든 것 하나, 총 세 개의 캐리어를 끌고 카드키가 아닌 쇠로 만든 열쇠로 문을 따고 들어가니 세상에. 오래된 나무 미닫이문과 더 오래되어 보이는 문고리, 물때가 그대로인 샤워 부스의 타일과 너무 많은 역사를 간직하고 있을 것 같은 카펫 그리고 창문 너머 태평양이 눈에 들어왔다. 부드럽게 감싸 우리를 번쩍 들어올린 햇살은 우리 몸을 허공에 띄워놓고 좀처럼 내려줄 생각을 하지 않았다. 다 괜찮았다. 방 안의 모든 오래된 것들은 야자나무와 쪽빛 바다가 보이는 창 밖의 풍경들과 어우러져 매력적으로 보였다.

"빈티지한 매력이 있는 호텔이네."

"엄마, 빈티지가 뭐야?"

"와인을 포도로 만들잖아. 포도 농사가 유난히 잘된 해에는 연도를 병에 표시하는데, 그걸 빈티지라고 해. 오래되어도 그 해의 좋은 품종으로 만든 와인이란 걸 기억하려고. 그래서 오래되고 낡았지만 더 가치 있고 멋진 걸 빈티지라고 해. 여긴 다른 도시 호텔들처럼 반짝이는 새 느낌은 없지만 그래도 분위기가 참 좋다. 이 미닫이문 봐봐. 엄마 옛날 외갓집도 이런 문이었어."

"나도 괜찮아, 엄마. 어차피 우린 주로 바다에 있을 거니까, 방이 좀 할머니 같지만 좋은 것 같아. 저기 봐봐. 진짜 바다가 보여!"

코나

'매직' 샌드 비치

바람에 밀려 천천히 다가오는 파도 소리. '철썩'이 아니라 '사르르르르르챠' 하고 요염하게 들리던 파도소리가 지나고 나면 여자가 말한다.

"내게 약속해줘, 오늘 이 밤 나를 지켜줄 수 있다고."

콧소리를 잔뜩 섞은 여자의 이야기를 들은 남자는 이렇게 대답한다.

"함께 가는 거야. 나를 믿어. 내가 주는 느낌 그걸 믿는 거야. 우린 오늘 아무 일도 없겠지만 그대가 원한다면." 그리고 또 한 번의 파도가 치고 나면 남자가 계속해서 말한다.

"우린 오늘 아무 일도 없겠지만 그대가 원한다면."

스마트폰이 없던 시대에는 술을 마시고 노래를 하면 모두가 그 노래에 집중하던 때였다. 지금처럼 각자의 세상에 코를 박고 나만의 우주를 만드는 게 아니라 하나의 음악이 우리 모두의 우주가 되었던 시절이었다. 그러니 당연하게 노래 한 곡으로 무수히 많은 이야기들이 생겨나기도 했다. 〈우리의 밤은 당신의 낮보다 아름답다〉라는, 어쭈구리 뭐가? 왜? 어떤 게 아름다운 건데, 얼레리 꼴레리 할 법한 제목의 음악이 세상에 나와서도 마찬가지였다. 비밀이라고 하기엔 공공연한 낮보다 아름다운 긴긴 여름밤의 사연들이 여기저기 탄생하는 건 부자연스러운 일이 아니었다.

아무 일도 일어나지 않는 축에 속했던 나는 주로 별 볼일 없는 낮에 남들의 아름다운 밤 이야기를 듣는 쪽이었다. 술이 취해 누군가 노래방에서 이 노래를 부를 때면 다른 사람들의 밤 사연이야 그렇다 치고, 노래를 만든 사람들이 궁금했다. 코나라는 그룹. 왜 코나라는 이름을 지었을까? 그 시절 난 코나가 하와이의 지명이라는 걸 몰랐다.

그렇게 20년이 지났고 코나가 하와이의 지명이라는 걸 직접 그 땅을 밟고 알게 된 나는, 이 코나가 그 코나구나 싶었다. 파도 소리, 바람 냄새, 흔들리는 야자나무, 바다와 같은 빛깔의 하늘이 당장이라도 무슨 일이 일어날 듯 심장을 두드렸으니까. 이제와 찾아보니 코나는 여름 하늘과 시원한 바람을 느낄 수 있는 음악을 만들고자 정한 이름이라고 한다.

밤이 아니라 낮에도 일을 만들어낼 것만 같은 아름다운 코나는 하와이에서 가장 큰 섬인 빅아일랜드 서쪽에 있다. 동쪽에는 규모와 인지도에서 나란한 힐로가 있는데, 빅아일랜드를 여행하는 사람들은 코나로 들어와 힐로로 나가거나 힐로로 들어와 코나로 나가는 여정을 주로 택한다. 두 곳이 전혀 다른 매력을 가지고 있기 때문이다.

그러나 우리는 내내 코나에 있기로 했다. 제주도의 여덟 배나 되는 빅아일랜드지만 코나에서 힐로까지 고속도로로 두 시간이면 갈 수 있고, 코나에 비해 날이 궂다는 힐로에서 며칠씩 머물고 싶지는 않았다. 그냥 아침에 눈을 떠 태양이 가장 강렬한 날 당일치기 힐로 여행을 하기로 했다.

우리로 치면 이마트나 홈플러스쯤 되는 세이프웨이에 갔다. 온갖 먹을거리들이 가득한 그곳에서 호텔에는 작은 냉장고가 하나뿐인 데다 더운 나라인 것을 감안해서 골라야 했다. 간단히 샌드위치를 해먹을 빵과 속 재료를 사고 물을 샀다. 집이 아닌 곳에서 문득 허전함이 밀려올 때 먹을 과자와 과일을 사고 바로 먹을 수 있는 조리된 닭고기도 샀다. 모두 소울이가 좋아하는 것이었다. 그렇게 한동안 먹을 장을 잔뜩 보고,

매직 샌드 비치로 향했다. 파도가 모래사장을 감쪽같이 숨긴다고 해서 붙여진 이름이다. 인터넷 강의를 들을 수 있는 노트북, 일기, 방학과제, 읽을 책, 클라리넷까지 모두 가져온 소울이는 바다에 들어가기 전에 우선 클라리넷 연습을 했다. 낯선 곳에서 늘 하던 것을 하며 단 하루 만에 이곳을 자신의 일상으로 자연스레 편입시켰다.

"소울이는 와서 숙제하고 일기 쓰고 클라리넷 연습하는 거 힘들지 않아?"

"오히려 더 마음이 편하지. 밀렸다 하면 더 힘들 거 아냐. 매일 조금씩 하는 게 난 좋아."

강요하지 않은 게 효과를 본 것일까? 한 번도 억지로 하라고 등 떠밀지 않았다. 학교에 입학한 후 아이에게 습관처럼 하는 말은 "엄마는 엄마 인생 고민해야 하니까, 네 인생은 스스로 고민해라."였다. "내가 너를 낳고 네가 예뻐 모든 것을 다 내주지만, 너의 인생까지 책임져줄 수는 없다. 매일 해야 하는 것들이 버거우면 언제든지 말해라. 네가 원하지 않는 걸 무리해서 계속 시킬 마음은 없다." 아직 어린 아이에게 지나친 이야기처럼 들릴 수 있겠지만, 소울이는 충분히 이해할 거란 믿음이 있었다.

소울이는 클라리넷 연습이 끝나자 파도를 벗 삼아 잘 놀았다. 나도 한겨울 포근한 바다에 빠져 한참을 놀다가, 용기를 내 조금 더 앞으로 가봤다. 그때 밀려온 갑작스러운 파도. 무시무시한 파도에 어찌나 당황스럽던지. 원래 자리로 돌아가려는데 파도치는 내내 도무지 발아래가 보이지 않았다. 그대로 멈춰서 당장 움직일 수 없었다. 별별 생각이 머리를 스치며 불안했다. 1분도 안 되는 짧은 시간, 소용돌이치던 파도와 포말이 사라지고 나니 훤하게 길이 열렸다.

나의 삶과 같았다. 파도가 밀려올 때 억지로 길을 찾으려 해봤자 찾을 수 없었다. 다 지나가고 나면 길이 보일 텐데, 괜히 억지를 쓰다가 오히려 길을 잘못 들거나 다치곤 했다. 이제 알겠다. 파도가 밀려오면 억지로 길을 찾으려 하지 말아야 한다는 것. 지나가길 기다리면 저절로 깨끗하게 닦인 길이 보인다는 것. 살면서 거센 파도를 만날 때, 코나의 매직 샌드 비치를 기억해야지. 잠깐 사라진 모래사장이 마법처럼 다시 나타나는 이곳을.

길을 잘못 들다

공교롭게 코나에 도착한 지 사흘도 안 돼 그날이 왔다. 지난 밤, 잠들만 하면 비가 쏟아졌다. 빈티지한 호텔 방에 오리지널 사운드 트랙으로 빗소리가 넘실댔다. 아침에 눈을 뜨니 의심 없는 아이의 눈처럼 맑게 갠 하늘이 높았다. 바로 이때다 싶어 힐로에 다녀오기로 했다. 힐로는 코나보다 기후 변화가 심해서 날씨 좋은 날 만나기 쉽지 않다.

나중에 안 사실이지만, 하와이는 매일 아침 태양이 뜨겁게 빛났다. 영하 25도의 가평 겨울 하늘에서 아직 벗어나지 못한 우리에게 그날의 태양은 특별했지만, 사실 그 태양은 아주 평범한 것이었다.

마트에 들러 소울이의 알레르기 약과 간단한 먹을거리를 사서 힐로로 떠났다. 밤 사이 아이 몸에 두드러기가 올라왔다. 잘못 먹은 건 없는 것 같고, 호텔의 오래된 카펫이 의심스러웠다. 심하지 않고 살짝 가려운 정도였다. 감기약과 해열제 등 간단한 약을 챙겨왔는데 알레르기에 대한 대비는 하지 못해 한국에 연락해 증상을 이야기하고 의사 선생님께 여쭤보니 어린이용 알레르기 약을 먹으면 될 것 같다고 했다. 다행히 처방전 없이 드러그 스토어에서 살 수 있었다. 포도맛 시럽을 먹이니 두드러기는 언제 그랬냐는 듯 감쪽같이 사라졌다.

드디어 힐로로 떠나기 10분 전. 아이폰만 믿고 GPS 신청을 하지 않았다는 걸 깨달았다. 동시에 호텔 와이파이를 이용하려고 데이터 로밍도 하지 않았다는 걸 상기했다. 하와이 도착 이틀, 운전이라곤 공항에서 숙소까지 숙소에서 마켓까지가 전부. 내비게이션 없이 남의 나라 장거리 운전. 걱정보다는 도전 정신이 생겼다.

"지도를 멋지게 외워서 한방에 도착해주겠어!"

소울이에게 큰소리쳤다.

"그래, 엄마 생각보다 길 잘 찾는 거 같아."

약 먹은 게 안쓰러워 사준 하와이 얼음과자 아이스 셰이브를 먹느라, 길이야 어찌 되든 상관없는 눈치였다.

'음, 여기서 공항 쪽으로 직진하다보면 19번 도로가 나온단 말이지, 그걸 타고 그냥 쭉 달리면 힐로.'

그렇게 지도대로 19번 도로를 탔는데 뭔가 느낌이 이상했다. 분명 고속도로라고 했는데, 점점 좁아지면서 느껴지는 국도의 향기. 비싼 인테리어로 번듯하게 꾸며놓은 넓은 상업시설 같은 고속도로와는 다른, 빨래도 하고 설거지도 하고 잠도 자고 밥도 먹는 좁고 조금 지저분하지만 아늑하고 편안한 살림집 같은 국도만의 향기. 국도변에 살면서 국도의 그런 정감 가는 모습을 사랑하지만, 인생 첫 하와이 장거리 주행에서 길을 잘못 들었다고 생각하니 불안이 밀려왔다. 데이터 로밍을 지금이라도 신청할까 고민했지만 이정표에 계속해서 힐로가 출현했고 그 방향이 맞는다면 언젠가는 힐로에 닿겠지, 하는 마음으로 열심히 차를 몰았다. 힐로에 닿지 않는다고 뭐 큰일인가, 어차피 우리는 여행 중인데. 여행이라는 건 뭘 꼭 하거나 꼭 해내지 않아도 되는 날들의 조합이니까 괜찮아. 어차피 이렇게 된 거 걱정은 창밖으로 훌훌 던져버렸다. 하와이 FM을 틀자 처음 들어보는 팝이 흘러나왔다. 그렇게 하와이 사람들이 신청하는 음악을 들으면서, 하와이 사람이라고 해도 믿을 비주얼의 소울이와 함께 마치 오래전부터 하와이에 살았던 것처럼 신나게 빅아일랜드의 국도로 추정되는 길을 달렸다.

처음부터 길을 잘못 들어섰다는 걸, 사실은 그 길이 19번이 아닌 190번이었다는 건 나중에 돌아오며 알았다. 그래도 힐로를 만나는 데 아무런 문제가 없었다. 우리는 오히려 그 길에서 잘 닦인 길을 갔다면 보지 못했을 많은 것들을 봤다. 하늘까지 닿을 듯 높은 레드우드 숲과 평화로운 작은 마을, 우리 동네 산길을 닮은 언덕과 언덕 아래 언뜻 언뜻 모습을 드러내던 바다. 실수가 준 선물. 앞으로 살면서 돌아갈 일이 생기면 190번을 떠올려야지. 실수하게 되더라도 뜻대로 움직이지 않는 인생을 아쉬워하기보다 19번이 아닌 190번이라 다행이라고 여기며 살아야지. 코나 타운 숙소로 돌아와 파도 소리를 들으며 생각했다.

돌아오는 길, 노을과 별이 아름답다는 그러나 11세 미만은 입장 불가라는 마우나케아 화산을 바라보며 달렸다. 묵직한 풍광이 달리는 내내 눈가에 스몄다. 한 번으로 족한 길이었다. 달리며 다시 한 번 생각한 건데 출발할 때 길을 잃지 않았다면 돌아가는 길이 많이 지루했을 것이다. 그래, 실수는 그저 경험의 다른 표현이었다.

소울,
사랑에
눈뜨다

2015년 1월 4일이 '피터 팬의 날'로 기억되다니. 우리는 아침을 서둘러 먹고 커피벨트로 향했다. 세계 3대 커피라는 코나 커피가 재배된다는 어느 커피 농장 프로그램에 참여하기 위해서였다. 프로그램은 간단했는데, 주인아주머니의 가이드로 코나 지역에 대한 설명과 커피에 관한 이야기를 들은 후 시음과 쇼핑을 하는 코스였다.

코나는 사철 적당한 해풍이 불고 온화한 기후에 화산섬의 토양이라 커피나무가 자라는 데 최고의 환경이라고 했다. 뉴욕에서 살다 왔다는 주인아주머니와 일본 사람들에게 따로 일본어로 설명을 해주던 일본 직원이 농장 곳곳을 소개했다. 푸른 초원 저 아래 새파란 바다가 보이고 그곳에서 불어오는 바람이 온몸을 휘감는 커피 농장은 커피보다 술 한잔이 더 어울리는 분위기였다. 온갖 열대 과일나무와 재배된 커피를 가공하는 공장까지 너른 공간에 처음 만나는 것들이 많이 있었다. 커피 맛 또한 훌륭해서 시음 후 강제성이 전혀 없는데도 저절로 지갑을 꺼냈다. 물론 그것 또한 고도의 세일즈 포인트이겠지만, 어쨌든 맛이 좋았으므로 기분 좋게 커피 원두 여러 개를 샀다.

소울이는 커피를 마시진 못했지만 꽤 관심 있게 커피나무에 달린 커피체리와 가공된 원두를 살폈고, 파파야나 파인애플, 망고나무가 신기한지 한참을 바라봤다. 그런 아이의 손에는 계속해서 문고판《피터 팬》이 들려 있었는데 내가 시음을 하고 커피 쇼핑을 하는 사이 열대 과일이 가득 담긴 바구니 옆 벤치에 앉아 짬짬이 책을 읽었다.

"소울아, 커피나무 신기하지 않아?"

"왜 커피체리라고 하는지 알겠어. 나무에 매달린 게 꼭 체리 같아."

"그게 이렇게 볶아서 검은색이 되는 거래. 그런데 저기 망고나무 봤어?"

"응, 그 사이에 의자처럼 앉아도 되겠어. 난 거기 앉아서 책 좀 읽을게."

"나야 고맙지."

언제나처럼 나는 책 덕분에 나만을 위한 시간을 가질 수 있었다. 한글을 떼면서부터 우리 여행에는 책을 가득 채운 작은 트렁크 하나가 늘어났다. 짐이 늘어 무겁지만 그 정도는 감수한다. 힘쓰는 일 정도야 엄마가 기꺼이 해줄 수 있는 일이니까. 소울이가 커가면서 느끼는 건데 뭐든 억지로 해서 되는 건 없다. 자연스럽게 흘러가는 방법을 택하는 게 엄마 아이 모두가 행복한 길.

커피 농장 체험은 아주 간단한 일과였기 때문에 다시 코나타운으로 돌아와 소울과 오후 내내 책을 읽거나 사진을 찍으며 주변을 어슬렁댔다. 그리고 저녁 먹기 전 잠시 숙소에 들어가 씻고 나오려는데 소울이가 침대를 쾅쾅 치며 씩씩댔다. 한 번도 그런 모습을 본 적 없던 나는 깜짝 놀라 물었다.

"왜 그래?"

"피터 때문에 너무 화가 나."

"왜? 무슨 일인데?"

"엄마, 피터 뭐 이런 애가 다 있어?"

이 말인즉슨, 온갖 불쌍한 척 다 하고 사랑한다면서 웬디를 꼬여내 네버랜드에 데려가고 웬디가 피터의 사연을 듣고 안쓰러워서 네버랜드에서 엄마 노릇을 하며 헌신했건만 나이를 먹자 버리고 웬디 딸 제인을 네버랜드에 데려가더니 급기야 제인까지 버리고 제인의 딸이자 웬디의 손녀인 마거릿을 데려갔다는 이야기였다.

"어떻게 이럴 수 있어? 늙고 싶어서 늙는 게 아니잖아. 웬디가 너무 가여워. 아무리 웬디가 이제 늙어서 네버랜드 못 갈 것 같다고 해도 요정 반짝이 가루 뿌려주면 되잖아. 제인을 좋아하는데 웬디한테 뿌려주면 제인을 못 데려가게 되니까 그게 두려웠던 거겠지. 엄마, 내가 웬디였다면 정말 후회했을 거야. 도대체 왜 피터를 믿고 사랑했는지."

막장 드라마가 되어버린 《피터 팬》에 대한 전혀 다른 해석도 재밌었지만, 아이가 어느새 자라 사랑을 이야기하고 이별을, 그 이별에 대한 아픔의 감정을 안다는 사실이 더 놀라웠다. 귀엽기도 하고 놀랍기도 해 한동안 웃으며 아이를 바라보던 나는 정신을 차리고 나갈 준비를 서둘렀다.

이런 중요한 얘기를 방 안에서 할 수 없는 일이지. 우리는 새우를 좋아하는 소울이가 눈여겨봤던 부바검프로 향했다. 바다가 보이는 테라스 쪽으로 자리를 부탁했다. 네온사인이 바닷물을 적시는 레스토랑의 맨 끝에서 맥주와 사이다를 한 잔씩 앞에 두고 피터와 웬디에 대한 사랑 이야기가 계속됐다.

"그런데 소울아, 둘이 사랑한 게 맞긴 맞아?"

"그럼, 사랑에 빠졌으니까 웬디도 처음에 집에 돌아가지 못한 거잖아."

"봐봐, 그러면 그렇지. 그러니까 잘 알았지? 안 지 얼마 되지 않은 남자가 사랑한단 말로 집에 못 가게 하면 무조건 뿌리치고 집으로 와야 해."

소울이는 모든 남자가 네버랜드에 데려가주는 피터 팬이라도 되는 듯 해맑게 왜 그래야 하냐고 물었다. 사랑이 얼마나 위대한지 그래서 얼마나 위험할 수 있는지에 대해 설명했다. 다 이해할 수 없을 것 같아 간략하게 정리한 한마디도 잊지 않았다.

"그 남자가 피터처럼 배신하는 남자일 수도 있으니까. 그러면 웬디처럼 되는 건 시간문제지."

"아아, 제발 그만해."

소울이는 머리가 아프니 그런 얘긴 제발 하지 말아달라며 남은 사이다를 들이켰다.

숙소로 돌아와서도 우리의 대화는 온통 사랑과 배신으로 가득했다. 언제쯤 이 아이와 사랑 이야기를 할 수 있을까. 작은 손을 잡고 세계 여러 나라를 다니면서, 사랑에 빠질 것 같은 아름다운 풍광을 만날 때마다 떠올렸다. 스무 살 아니 중학생 쯤 되면 가능하겠다는 건 나의 큰 착각이었다. 그때까지 내 삶의 가장 친한 작은 친구로 남아줄 거라는 것도 욕심이었다.

그날 밤 아기처럼 배를 다 내놓은 채 잠든 아이를 보며 통 잠을 이룰 수 없었다. 아직까지 내 눈에 그저 아가 같은데, 쑥쑥 자라고 있구나. 아직은 품에 안고 있고 싶은데 언젠가 손을 놓을 준비를 지금부터 조금씩 해야겠구나.

창문을 열고 파도 소리를 들으며 아이가 자라온 시간을 떠올렸다. 남태평양의 태양보다 더 눈부신 날들이었다. 그래 됐다. 내 인생에 이만큼 행복한 시간을 선물해준 걸로 네가 할 일을 다 했다. 아쉬워 말고, 안타까워도 말고 이제 조금씩 각자의 인생을 위해 품에서 너를 떼어야겠다. 욕심을 버리고 모두를 위해. 그리고 한 마디만 더, "사랑을 알게 된 소울, 정말 축하해."

소녀가 좋아

늘 있는 일이지만, 날이 정말 좋았다. 늦잠을 잤더니 조식은 이미 끝. 물가 비싼 하와이에서 매일 똑같은 메뉴라도 한 끼 식사를 해결할 수 있다는 건 매력적인 일이었다. 우리는 자주 빼먹곤 했지만. 이왕 늦은 거 어슬렁 일어나 소울이는 방학과제인 문제집을 풀고 나는 글을 좀 썼다.

오전 열한 시 반, 하와이 소개 책자에서 맛집이라고 했던 호텔 앞 레스토랑에 가서 점심을 먹고, 하와이 최초의 교회와 하와이 왕족 여름 궁전 정원을 구경하고 매직 샌드 비치로 가 책을 읽었다. 파도와 놀다가 모래와 놀다가 다시 돌아와 호텔 수영장에 들어가 또 놀았다. 놀고 놀고 또 놀고의 이어짐.

저녁시간이 되어 슬슬 걸어가 전부터 봐두었던 레스토랑에 가서 밥을 먹었다. 석양이 너무나 멋져 술 한잔이 떠올랐는데, 술을 팔지 않는 '헬시푸드 콘셉트'의 레스토랑이었다. 혹시나 싶어 두리번거리다 옆 테이블 사람들이 와인을 마셔서 저건 뭐냐니까 가져온 술이라고 했다. 어찌나 맥이 빠지던지, 이럴 줄 알았으면 나도 미리 준비해 멋진 야경을 보며 한잔하는 건데. 매우 아쉬워서 돌아오는 길 ABC 마트에 들려 기어이 하와이 맥주 한 병과 마카다미아넛을 사왔다. 술을 한잔하면서 소울이와 낮에 한 대화가 떠올랐다.

"피터는 너무 싫지만, 한편으로 부러워."

"어른이 되고 싶지 않아?"라고 하니 수줍게 웃으며 "소녀가 좋아."라고 대답했다. 소녀. 나는 어린이가 좋다고 할 줄 알았는데, 소녀라. 이제 소울이도 여자가 되어가는 건가.

"엄마도 그랬고, 아마 다른 애들은 빨리 어른이 되고 싶어 할 텐데?"라고 다시 물으니 "그건 보통 아이들 얘기잖아. 우리 학교 애들은 아니야. 우리는 왕따도 없고 재미있는 학교인걸? 졸업하기 싫은 학교. 자연과 어울려서 노는 것도 좋고, 친구들이랑 어울려 노는 것도 좋고, 전교생이 같이 어울리는 것도 좋고, 행사가 많은 것도 좋고, 졸업하기 싫어. 그냥 피터 팬처럼 살았으면 좋겠다."

아이가 그 말을 하던 순간을 못 잊을 것이다. 다이아몬드처럼 빛나던 하늘과 그보다 더 반짝이던 눈빛, 생기 넘치던 표정. 도시에서 시골로, 시골에서도 일부러 분교에 보내면서 혹시 나중에 아이가 원망하지는 않을까 걱정했다. 입학을 앞두고 유치원 친구들과 함께 본교에 가고 싶다는 아이에게 미안하지만 이번 한 번만 엄마 아빠를 믿어달라고 얘기하면서 만약 우리가 생각한 것과 다르면 어쩌나 자신 없던 마음이 편안해졌다. 다행이다.

나알레후

세상에서 제일 큰 무대

만약 빅아일랜드를 다시 온다면 나는 주저 없이 블랙 샌드 비치 근처에 숙소를 잡을 것이다. 왜 이제야 왔을까? 블랙 샌드 비치는 여행책자에 쓰여 있는 것처럼 바다거북이 전부인 곳이 아니었다. 지금껏 북으로 남으로 빅아일랜드 해안을 돌며 본 해변 중 가장 놀 만하고 즐길 만한 곳이었다.

보석처럼 빛나던 검은 모래. 한줌 챙겨오고 싶은 마음을 읽었는지, 모래 가져가지 말라는 경고 문구가 커다랗게 쓰여 있다. 이런 걸 보면 참, 다들 각자 다르지만 또 한편으로 사람 마음이 다 같은 것 같고.

블랙 샌드 비치 가는 길에 사우스 포인트에 들렀다. 두 곳

모두 힐로와 반대 방향으로, 며칠 전에 다녀온 커피벨트를 지나갔다. 힐로로 가는 길과 다르게 계속해서 마을을 지나며 달렸다. 한적한 미국의 시골길. 어린 시절 일요일 아침마다 넋을 놓고 봤던 미드 〈초원의 집〉이 떠올랐다. 마차를 타고 달리던 사람들. 지금이라도 당장 나무 우거진 도로 위로 마차가 지나갈 것만 같다. 하와이의 최남단이자 미국의 최남단이기도 한 사우스 포인트는 장관이었다. 몬터레이 빅서를 떠올리게 했는데, 가로지른 절벽과 그 아래 펼쳐진 바다가 대단했다. 한려수도나 소금강, 섭지코지와는 다른 규모의 자연이었다. 우리나라의 자연이 압축의 미라면, 그곳은 아이맥스 영화관의 화면 같았다. 마치 우리를 위해 준비된 세트장처럼 아무도 없이 고요했다. 저 멀리 절벽 근처에 텐트가 하나 있었는데 사람이 없는 빈 텐트 같았고, 거대한 자연 앞에서 시간이 됐다며 클라리넷을 조립해 연습하던 소울의 모습은 비현실적이었다. 흐르는 음악은 바흐의 〈미뉴에트〉.

"엄마 나 이제 좀 잘하는 것 같지 않아?"

"정말 잘해. 하와이 제일 남쪽 끝에서 한 연주라 더 특별하게 들려."

"무대에서 하는 것보다 여기서 하는 게 더 떨려."

"어느 무대보다 큰 무대라 그런가봐."

"여기서 한 번도 안 틀리고 미뉴에트를 하면 아주 큰 걸 얻어가는 기분일 거야."

소울이는 틀리지 않을 때까지 몇 번이고 클라리넷을 불었다. 드디어 매끄럽게 한 곡을 완성했을 때 나는 힘껏 박수를 쳐줬다.

"브라보!"

사우스 코나

존의 가게

"저기 걸려 있는 피스 마크 무늬 천, 저거 사고 싶은데요."

"그래요? 여기 사세요?"

"아니요, 놀러 왔어요."

"그럼 계산하고 두 시간 후에 와서 가져가세요. 20달러입니다."

존이라고 했다. 빅아일랜드 사우스 코나 커피벨트의 11번 도로변에 알록달록 무지갯빛 염색천을 휘날리고 있는 가게의 주인이었다. 홀치기 염색을 전문으로 한다는 그 가게는 커피 농장 갈 때 한 번, 블랙 샌드 비치 갈 때 한 번, 오며 가며 눈길을 끌었다. 지나치면서 꼭 들러보고 싶었다.

빅아일랜드 마지막 날은 사우스 코나 마을이나 슬슬 다녀보기로 했다. 그냥 세계 3대 커피를 재배할 정도의 태양과 물이 있는 곳에 사는 사람들의 생활을 엿보고 싶었다. 우선 맛은 물론이고 바다와 마을이 다 내려다보이는 경치까지 환상이라는 커피색에서 천천히 밥을 먹고 존의 가게에 들렀다.

걸려 있는 걸 사면 되는 줄 알았더니 그 자리에서 바로 염색을 해야 한다고 했다. 두 시간 후에 오라기에 바다가 내려다보이는 작은 동네 도서관에 갔다. 동네 사람들은 평온한 표정으로 책을 읽었다. 책을 대여하지 않는다면 별다른 절차 없이 마음껏 도서관을 이용할 수 있었다. 인형이며 간단한 장난감이 있는 키즈 코너를 보더니 소울이는 이내 고개를 저었다.

"너무 유치해."

이제 좀 컸다고, 알록달록한 것들은 유치하다고 말한다. 불과 1년 전만 해도 열광했던 것들이면서 말이다. 푹신한 소파에 자리를 잡고 영어 몰라도 충분히 볼 수 있는 요리책, 명화책을 골라 봤다. 소울이는 그림책 좀 뒤적이다 "역시 한글이 편해." 하며 가져간 책을 읽었다.

언제나 그랬듯 미국 도서관에 왔으니 영어책을 읽으며 영어 공부를 하라고 강요하지 않았다. 소울이는 장 자크 상페의 《꼬마 니콜라》 정독 중이었다.

"무슨 내용이야?"

"개구쟁이 아이들의 일상 이야기야. 학교 이야기, 방학 이야기. 꼭 우리 학교 이야기 같아서 정말 재미있어."

"개구쟁이 아이들 생활도 이야기가 될 수 있는 거네. 소울이도 한번 써보지 그래?"

"그럴까? 우리 학교 남자애들도 만만치 않은데. 어디나 남자애들은 말썽꾸러기인가봐."

책도 읽고 수다도 떨고 바다 구경도 하다보니 어느새 두 시간이 지났다. 오라는 시간에 맞춰 갔더니, 존이 그새 뚝딱 멋지게 염색을 완성해놨다.

"전 이 피스 마크가 정말 좋아요."

"저도 그래요. 부자들이나 정부는 저게 얼마나 멋진지 모르는 것 같지만."

"(존, 나 영어 못해) 네, 맞아요. 이거 정말 예쁘다! (화제 전환)"

"근데 어디서 왔어요?"

"한국이요."

"그래요? 그럼 거기 친구들한테 내 명함 좀 줘요."

히피의 정신을 가지고 있는 것 같은 존은 내게 명함을 뭉치로 쥐여줬다. 내 주변에, 하와이에 그것도 빅아일랜드에, 그중에서도 11번 도로 염색집에 여행을 올 사람이 이렇게 많을까?

돈을 지불하고 '어머 존, 명함을 너무 많이 주는 거 아니에요? 스무 장은 되겠네. 일단 누가 빅아일랜드 여행을 계획한다면 꼭 전해줄게요. 그리고 이거 세상에 하나밖에 없는 건데, 20달러면 정말 싸요. 고마워요. 하와이에서 만난 레인보 피스마크. 우리 집에 멋지게 장식할게요'라고 눈빛으로 절절하게 전했다. 저 긴 얘기를 영어로 잘 전달하고 싶지만 내 마음 알겠지. 알 거야. 알 거라고 생각하고 눈빛으로 한마디 더 할게.

"함께 산 민소매 티셔츠와 우리 딸 원피스 말이에요. 확실히 대충 프린트해서 재단한 코나 타운 숍 옷들보다 멋져요. 옷 갈아입고 나가서 으쓱했어요. 고마워요. 피이이이이이스!"

또 만나,
코나

빅아일랜드에서의 마지막 네 시간을 우린 참 알차게 썼다. 떨어진 꽃을 주워 머리에 꽂고, 미뤄뒀던 바식아사이에 천천히 걸어가 아사이베리로 만든 하와이 유명 디저트인 아사이볼을 먹고, 체크아웃하고 나와 날이 흐려 풍경을 제대로 감상하지 못한 커피색에서 다시 가서 점심을 먹기로 했다. 존의 가게에 들를 일도 있고 해서 겸사겸사.

존의 가게에 들른 이유는 남편의 티셔츠를 사기 위해서였다. 요즘 우리나라에 없는 브랜드가 없으니 가격과 상관없이 이렇게 세상에 하나뿐인 것을 선물해주면 좋아한다. 마당의 잔디가 다시 초록 옷을 입으면 볕 좋은 날 세 식구가 나란히 홀치기 염색을 한 옷을 입고, 피스 마크가 새겨진 천 위에 스팸과 달걀 프라이를 얹은 밥을 먹어야지. 마치 하와이안인 것처럼.

계산을 하고 존과 작별 인사를 나누고 나와, 커피색에 들렀을 때는 다시 하늘이 구름 이불을 덮어 만족할 만한 경치를 만나진 못했다. 그래도 모차렐라 치즈와 버무린 맛난 참치 샌드위치에 넘어가 누구도 아쉬워하지 않았다. 렌터카를 반납하고, 다시 짐가방을 들고 새로운 곳으로 향하는 시간. 동네 공원 벤치 같은 게이트에서 비행기를 기다리며 우리는 책을 읽었다. 빅아일랜드의 하늘과 어울리지 않는 시집을 읽으며 나는 몇 군데 줄을 쳤고, 소울이는《꼬마 니콜라》의 마지막을 향해갔다.

시골 버스 대합실처럼 격식도 잘난 척도 우쭐함도 없는 그곳에 비행기가 도착했다. 우린 버스를 타듯 비행기에 올랐다. 제 몫의 가방을 끌고 앞서가는 소울이를 보며 성장이라는 게 얼마나 벅찬 일인지 새삼 알 것 같았다.

드디어 도착한 오아후는 과연 도시였고, 바다가 시원하게 열린 방의 풍경은 황홀했다. 그러나 우리는 저녁을 먹는 내내 빅아일랜드를 그리워했다. 소울이가 일기에 썼듯, 빅아일랜드와의 만남은 우리에게 기쁨을 주었다. 또 만나 빅아일랜드, 다시 만나 코나!

소울의 일기

1월 8일 목요일

제목: 안녕!

보통 그렇다. 사람들은 안녕, 이라는 말을 '반가워'나 '잘 가' 라고 생각한다. 그런 뜻이 있지만 대상이 바뀌면, 그 대상에 따라 감정이 달라질 수도 있다. 후회, 실망, 또 기쁨 같은 감정. 나 같은 경우는 기쁨에 점수를 하나 주겠다. 물론 빅아일랜드에서 너무 잘 놀았기 때문인지 슬프기도 하다. 하지만 윤이가 갑작스레 전학을 갈 때처럼 너무 슬프기도 했고 나를 괴롭히던 친구라 좋기도 했던 때와 비슷하다. 나의 이런 마음을 알까? 하지만 빅아일랜드와 윤이는 무엇보다 나의 친구기 때문에, 윤이가 떠나고 준원이 오빠가 온 것처럼 빅아일랜드가 떠나고 온 건 오아후이기에, 그래서 난 기쁨에 한 표를 주겠다.

*아이의 글을 그대로 옮겼습니다.

포케는 생참치를 깍둑 썰어 양념한 요리다. 아, 감칠맛 돌고 어찌나 맛나던지. 사이즈에 따라 고를 수 있는 사이드 디시들도 모두 엄지 '척'. 그릇 크기에 따라 다른데, 밥과 반찬, 포케까지 다 담아준다. 한 끼 식사로, 안주로 아주 최고. 좀 많다 싶게 주문했는데 밥 한 톨 남기지 않고 다 먹었다.

Kona Bay
Hotel

인터넷 강의, 일기, 방학과제, 읽을 책, 클라리넷까지 모두 가져온 소울. 집에서 그랬듯 그것들을 빠짐없이 한다. 이렇게 낯선 곳에서 늘 하던 것을 하며 단 하루 만에 이곳을 자신의 일상으로 자연스레 편입시켰다. 일상을 여행처럼 살려는 엄마와 여행을 일상으로 만드는 딸. 괜찮은 조합이다.

언뜻 비추는 햇살을 따라 간 칼스미스 비치. 마치 인공 수영장처럼 바닷물이 웅덩이로 되어 있는 이곳은 운이 좋으면 바다거북과 함께 수영할 수 있다. 물이 너무 차가워 우리는 잠깐 몸만 담그고 나왔다. 캘리포니아에서 왔다는 할아버지가, '콜드'가 아니고 '쿨'이라면서 우리에게 들어가 즐길 것을 강요하는 바람에 오히려 더 오래 머물지 못하고 자리를 떴다. 동서고금을 막론하고 어른이 말씀하면 이상하게 말을 안 듣게 된다.

여행의 마법

마법의 양탄자를 탄 듯했다. 태평양 바다 위에 집을 띄워놓은 것 같은 기분이 들 만큼 창밖에 펼쳐진 풍경이 끝내줬다. 오아후의 숙소는 34층이었다. 콘도형 아파트였는데, 간단한 취사가 가능한 곳이었다. 빅아일랜드보다 오래 머물러야 해서 중심가에서 좀 떨어져 있지만 밥을 해먹을 수 있는 곳이라 선택했다.

이곳은 여행객보다는 실제 거주하는 사람들이 절반 이상이었다. 객들이 드나드는 게 익숙한지 엘리베이터에서 만나면 모두들 친절하게 인사를 하고 가끔 말을 건네기도 했다. 여기에 머무는 동안 우리는 새파란 바다에 눈을 뜨고 새빨간 노을을 보며 하루를 마무리했다. 그리고 머무는 내내 마법 같은 순간을 자주 만났다.

첫번째 마법은 쇼핑의 행운이었다. 숙소에서 알라모아나 비치파크 쪽으로 난 산책로를 따라 5분 정도 걸으면 오아후에서 가장 크다는 알라모아나 쇼핑센터가 나왔다. 미국 대형 백화점 체인과 일본 백화점까지 모두 입점해 있는 큰 쇼핑센터였다. 부담 없이 걸어서 오갈 수 있어 짬을 내 '득템'의 시간을 가질 수 있었다. 70% 세일에 들어간 유명 브랜드의 겨울 의류나, 마지막 세일 코너에서 디자이너 브랜드의 질 좋은 니트와 티셔츠 등을 믿을 수 없는 가격에 구입했다. 하루가 멀다 하고 들러 한국보다 훨씬 저렴한 메이크업 제품이나 바디로션 등 선물을 고르는 재미도 쏠쏠했다.

알라모아나 쇼핑센터는 쇼핑 이외에도 볼거리가 가득했다. 매일 문화 행사가 열렸는데 아예 민속 공연을 하는 무대가 따로 있어 시간이 되면 훌라 공연이 펼쳐졌다. 나는 쇼핑하느라 정신이 없어 매번 지나쳤는데, 하루는 궁금해하던 소울이가 시간을 확인했다.

"엄마 공연 한 시 반부터야. 20분 남았어."

"좀 돌아다니다 시간 맞춰 올까? 아니면 여기서 기다릴까?"

"기다렸으면 좋겠는데, 잘 보이는 앞쪽에 앉아서 기다리자."

"그래. 좋아."

맨 앞에 앉아 꽤 집중하고 호응하는 모습이 이젠 제법 여행을 능동적으로 즐기는 듯 보였다. 엄마가 하자는 대로 가자는 대로 따라다니는 게 아니라, 본인이 하고 싶은 것에 시간을 할애할 줄 안다. 시간이 준 선물일까, 여행의 마법일까. 어느 쪽이든 엄마에게는 이런 성장이 정말 반갑다.

공연은 전형적인 훌라쇼로 여자와 남자가 나와 훌라를 추고, 중간중간 사회자가 미국 사람 특유의 유머 섞인 진행을 하며 노래를 했다. 가슴 아프지만 미국 문화와 폴리네시아 전통문화가 섞여 탄생한 '하와이 문화'는 꽤 매력적이었다. 노스쇼어 쪽 원주민 마을은 집집마다 집세로 1년에 1달러를 낸다고 한다. 미국 정부에서 공짜로 나눠주겠다는 걸, 그들이 공짜로 쓸 수는 없다고 해 1달러를 책정한 것이다. 자신들만의 땅, 자신들만의 문화에 다른 나라의 문화를 입히고 그들의 제일 마지막 주가 된 하와이. 나라를 빼앗겨본 적 있는 나라에서 온 여행자에게 어쩐지 살랑살랑 가벼운 그들의 춤이 좀 슬퍼 보였다.

그다음날이었나, 금요일 밤 샤워를 끝내고 머리를 말리는데 어디서 쿵쿵쾅쾅 소리가 났다. 옆집 사람들 왔나, 어디서 싸움이 났나 했는데, 세상에 불꽃놀이였다. 창밖에 화려한 불꽃들이 풍선처럼 커졌다가, 로켓처럼 길어졌다가, 가끔 분수처럼 솟아오르기도 하고, 별빛처럼 쏟아지기도 하면서 새카만 하늘을 물들였다. 또 한 번의 마법.

매번 여행 때마다 새삼스럽게 깨닫는다. 생각보다 세상에는 좋은 일이 가득하구나. 그리고 다짐한다. 번번이 계획하고 미리 설계하고 그 과정에서 미리 실패를 두려워하고 일어나지도 않은 것들에 긴장하며 살지 말아야겠다고. 너무 작정하고 살지 말자고. 살아간다는 건 아이를 키우는 것과 꼭 같아서 지치고 힘들고 다 놓아버리고 싶다가도 따뜻한 햇살 한 줄기에 온 마음이 충만해지고 환희가 밀려오는 그런 것이니까.

창밖으로 펑펑 터지는 불꽃을 침대에 누워 매우 호화롭게 감상했다. 이게 마지막 마법이라고 생각하며 하와이가 주는 선물을 감사히 받았다. 그러나 예상은 빗나갔다. 오아후에서는 계속해서 뜻밖의, 마법과 같은 순간들이 펼쳐졌다.

우리는 모두 다른

가져온 쌀로 밥을 짓고 레토르트 된장찌개와 김과 어제 슈퍼에서 사온 오이김치까지 얹어서 분명 여덟 시 반에 한 그릇 가득 먹였다. 그런데 열한 시가 되기 10분 전, 치즈케이크 팩토리 앞에서 점심을 먹어야겠다는 아이. 맨날 살 빼고 싶다면서 늘 이런 식이다. 아이 아빠 말이 소울이의 문제는 다 먹고 후회하는 거라고 했는데, 어쩜 나를 그렇게 꼭 닮았는지.

그렇게 오픈 시간 맞춰 들어간 치즈케이크 팩토리의 음식은 썩 괜찮았다. 미주 여행할 때 꼭 들러보라는 필수 코스 중 하나답게 치즈케이크는 말할 것도 없었고, 커피도 무난했다. 허나 무엇보다 그곳에서 좋았던 건 소울이와의 대화였다.

"엄마는 올해 뭘 이루고 싶어?"

소울이는 갑작스럽게 이런 식의 질문을 잘한다.

"응, 글 잘 쓰고 싶어. 아니 열심히 쓰고 싶어."

"지금도 열심히 쓰잖아."

"그냥 돈 벌려고 일하는 거 말고, 진짜 엄마 거."

"아, 사실은 나도 와이즈캠프에서 하는 '나도 작가'에 글을 쓰고 있는데, 거기서 '탑 쓰리'에 오르는 게 목표야. 진짜 짱은 이달의 작가가 되는 건데 그건 어렵고 탑 쓰리만 돼도 좋겠어. 그러고 보니 엄마랑 나랑 올해 하고 싶은 게 똑같네."

몰랐다. 그런 걸 쓰고 있는 줄. 제목이 〈우리 우정의 길이〉란다. 벌써 4편이나 썼는데, 팬이 아직 많지 않단다. 그 공간에서 짱은 〈하얀 거짓말〉이라는 작품이고, 조금 무서운 이야기들도 나오는데 자기는 꿈이나 사랑이나 우정 그런 얘기가 좋다고 했다. 아이와 꽤 밀접하게 지낸다고 생각했는데, 그동안 모르고 있었다. 그래, 이젠 내가 다 알 수 없게 됐다. 아이에게 아이의 사생활이 생길 때가 온 것이다. 많이 컸구나, 정말.

갑자기 대화를 뚝 끊고, 스파게티를 빨아 마시듯 먹던 소울이가 귓속말로 "엄마 재들." 하며 뒤쪽 테이블에 있는 한국 아이들을 가리켰다.

"아무래도 재네들 도시 애들인가봐."

픽 웃으며 어떤 점이 그렇게 보이느냐고 했다.

"새가 오는데 자꾸 피하잖아. 도시 애들이지 뭐. 우리처럼 자연과 자라는 아이들은 아니야. 자연도 우리의 일부인데 그런 것도 모르고 책과 싸우겠지."

참지 못하고 웃음을 터뜨렸다. 아이는 뭐가 웃기냐며 겸연쩍어했다. 그냥, 도시 애들이라는 표현이나 책과 싸운다는 표현 이런 게 너무 재미있다고 말하지 못했다. 그저 네가 너무 귀여워서라고만 했다. 아이는 뭔가 눈치챘다는 듯 급하게 말했다.

"엄마, 그렇다고 내가 다름을 인정하지 않는 건 아니고, 그냥 그렇다고."

깔깔깔. 나는 그만 소리 내 웃어버렸다. 여행하면서 아이에게 늘 여행 다니는 이유에 대해 이렇게 말했기 때문이다.

"소울아, 너와 함께 이렇게 여행을 다니는 이유는 단 하나야. 사람 저마다 모두 다르다는 걸 인정하고, 그래서 다른 사람을 이해하는 사람으로 크길 바라는 마음에서야. 세상을 살면서 그게 참 중요한 건데 엄마도 아직 잘 못하고 있어. 하지만 점점 잘하고 싶어. 그렇게 되면 좋겠어. 사람은 다 달라. 소울이를 엄마가 낳았지만 소울이랑 엄마는 다른 사람이야. 세상에 누구도 나와 같을 수 없어. 그러니까 나와 다르다는 이유로 누군가를 잘못된 시선으로 보는 건 좋지 않다고 생각해."

다름을 인정하자, 나와 다른 사람들을 이해하며 살자. 아이에게 하는 얘기였지만 한편으로는 나 자신에게 각인시키는 것이기도 했다. 틈만 나면 했던 말이었어도 과연 얼마나 이걸 새겨둘까 싶었다. 그런데 소울이는 제법 잘 기억하고 있었다.

하와이안처럼 우쿨렐레를

그날은 오아후 날씨답지 않게 아침부터 싸늘했다. 덜 마른 빨래처럼 하늘에 널려 있는 회색구름을 보고 진작에 해변은 패스. 아침식사는 지난밤 밥 지은 냄비에 물을 넣고 끓여 만든 숭늉으로 가볍게. 소울이에게 훌훌 마시라며 건네주니, 빤히 쳐다보고는 물었다.

"숭늉이 뭐야?"

정수기 물을 마시고 생수가 익숙한 아이는 숭늉이라는 단어를 아홉 살이 되어 처음 들었나보다. '숭늉'을 알려주며, 잊혀가는 단어들을 떠올렸다. 카세트테이프, 워크맨 그런 것들을 생각하면서 우쿨렐레 수업을 받기 위해 로열 하와이안 센터로 갔다.

센터로 가는 길, 와이키키 중심 거리가 시작되는 입구 보도블록에 드문드문 단어가 새겨져 있었다. '숭늉'처럼 잊혀가는 하와이 말이었다. 하와이어, 미국에 흡수되면서 더 이상 그 땅의 언어가 아니게 된 말. 그러나 오아후도 호놀룰루도 와이키키도 모두 영어가 아닌 하와이 말이다. 우리는 보도블록에 숨겨진 말을 찾아보며 걸었다.

하와이 전통쇼인 루아쇼나 훌라쇼에서 외치는 앙코르와 같은 뜻의 '하나 호우(Hana Hou)!', 모두 알고 있는 '알로하(Aloha)', 고맙다는 뜻의 '마할로(Mahalo)'. 오늘 우쿨렐레 수업 시간에는 선생님과 수강생 모두 '하나 호우'를 외치며 한 번 더 연주하게 될까? 작은 기대를 안고 무료 우쿨렐레 수업을 받기 위해 걸음을 서둘렀다.

매일 오전 열 시, 열한 시. 와이키키 중심가에 있는 커다란 쇼핑센터인 로열 하와이안 센터에서는 무료 우쿨렐레 수업을 했다. 우리로 치면 문화 센터 같은 작은 클래스인데, 우쿨렐레 수업뿐 아니라 훌라 레슨, 레이 만들기 등 구성도 알찼다. 제대로 배우진 못하지만 아무것도 모르는 초보자들이 며칠 머물며 우쿨렐레와 익숙해지기엔 모자람이 없는 수업이었다. 다만 참가할 수 있는 인원이 정해져 있어 한 시간 전에 가서 줄을 서야 수업을 들을 수 있을 만큼 경쟁이 치열했다. 스물다섯 명 정도 들을 수 있는데, 할머니 할아버지가 대부분. 일본 아줌마들이 좀 섞여 있고, 아이는 소울이가 유일하거나, 가끔 한두 명이 엄마를 쫓아와 구경하곤 했다. 하루는 수업을 마치고 센터 앞 잔디 광장에 앉아 훌라 레슨을 기다리는데 함께 수업을 들었던 일본 아줌마가 말을 걸었다.

"아이가 우쿨렐레 연주를 잘하네요. 배운 적 있어요?"

"아뇨. 기타를 배우는 중인데 아마 기타와 비슷해서 익숙한가봐요."

"제가 여기 수업 많이 들었는데, 저렇게 코드를 다 따라가는 아이는 처음이에요. 대단해요."

"연주는 되는데 영어 노래라 따라 부를 수 없다고 불만이에요. 하하."

"그거야 우리도 제대로 못 따라하는걸요."

또 어떤 날은 우리 앞에서 수업을 기다리던 할머니가 말을 걸어왔다. 앞이 보이지 않았지만 짧게 커트한 금발머리에 예쁜 귀걸이를 달고 곱게 화장을 한 멋쟁이였다.

"어디서 왔어요?"

"한국에서 왔어요. 어디서 오셨어요?"

"난 캐나다에서 왔어요. 한국에서 왔다니 반갑네요. 한국에 대한 추억이 있어요. 지금은 죽고 없는데 우리 남편이 스포츠 캐스터였어요. 서울올림픽 때 거기서 방송을 했죠."

"어머나, 그럼 할머니도 한국에 와보신 적 있어요?"

"아니, 나는 못 갔고. 남편한테 얘기를 많이 들었어요. 아주 재미있는 나라라고."

"그때랑 지금은 정말 달라요. 기회가 된다면 한번 놀러오세요."

"그럽시다. 하하."

잠깐 만나고 가는 사람들이었지만 우쿨렐레 수업은 일상이 된 여행에서 새로운 자극이 되었다. 사람을 만날 수 있고, 새로운 곳에서 새로운 것을 배운다는 충만함에 한껏 기분이 좋아졌다.

여행을 오기 전부터 하와이제 우쿨렐레를 하나 사야지 마음먹었던 터라, 오아후에 오자마자 우쿨렐레부터 샀다. 우쿨렐레 상점에서도 짧은 수업을 하지만, 로열 하와이안 센터 수업이 개인적으로 더 좋았다. 할머니 선생님들이 한 시간 동안 하와이 노래 몇 곡을 가르쳐주는데 노래를 다 배우고 나면 정말 뿌듯했다.

이날은 〈하와이안 웨딩송〉이라는 1960년대 팝을 배웠다. 부르기만 해도 설탕물에 들어갔다 나온 듯 노곤노곤해지는 노래였다. 가슴에 우쿨렐레 바디를 대고 팔로 살포시 껴안은 채

줄을 튕기며 한 곡을 다 부르고 있자니, 마치 하와이 사람이 다 된 것 같았다.

우쿨렐레 연주 말고 두 가지 더 알게 된 사실이 있는데, 우쿨렐레는 하와이 토속 악기가 아니라 포르투갈 이민자들이 가져왔다는 것. 그리고 '알로하'에는 모든 긍정적인 뜻이 다 담겨 있다는 것이었다.

"안녕, 반가워, 사랑해, 예뻐, 좋아, 행복해, 멋져 등의 뜻이 다 담겨 있어요. 마음을 담아서 마음속에서 하트를 꺼내듯 얘기하는 거예요. 어떤 상황에도 아주 훌륭한 말이 되어줄 거예요."

우쿨렐레 선생님이 알려준 대로 수업을 마치고 나와 다시 맑게 갠 하늘을 보며 중얼거렸다.

"알로하, 알로하!"

호놀룰루

그렇게
너는
자라는구나

함께 여행을 왔는데 내가 엄마라는 이유로, 너무 내 마음대로 시간을 쓰는 건 아닌지, 좀 미안했다. 소울이에게 소울이의 날을 만들어줘야지. 하루 정도는 네가 하고 싶은 대로, 가고 싶은 대로, 먹고 싶은 것, 사고 싶은 것을 정해진 한도 안에서 해보라고 해야지. 얼마나 좋아할까. 신이 나서 눈이 안 보이게 웃을 소울이를 생각하며 나도 눈이 안 보이게 웃다가 잠이 들었다.

야심찬 나의 계획을 이야기한 어느 아침, 소울이는 예상대로 신이 나 어쩔 줄 모를 줄 알았다. 그러나 아이는 눈을 그저 껌뻑이며 단 5초도 고민하지 않더니, "싫어, 왠지 힘들 것 같

아. 그냥 엄마가 해."라고 했다.

그동안 내가 너무 소울이를 순진하게 봤던 걸까? 예전에 그 지폐는 종이라 돈으로 치지도 않고 동전만 주면 좋아하던 소울이는 이제 없는 거지? 뭔가 자기가 다 컸다고 생각하고 어른 흉내 내던 어설픈 꼬마는 없는 거지? 이젠 자라서, 어차피 엄마 쫓아다니면서 맛있는 거 사달래서 먹고 그러는 게 편한 그런 나이가 된 거지? 이걸 성장이라고 해도 되는 거지?

빨리 자란다. 너무나. 내가 아는 것보다 훨씬 빠르게 쭉쭉 뻗어나간다. 지난여름 캘리포니아 여행 때만 해도 아기 같았는데, 6개월 사이 제법 단단한 어린이가 되어 있었다.

정말 얼마 안 남았구나, 눈 깜짝할 사이 넘어가버리는 태양처럼 너와 내가 이렇게 함께 시간을 보낼 날도. 내가 여행하는 이유가 이거였구나. 일상에서 발견하지 못하는 너의 성장을 알아차리기 위한 것이었구나. 지금까지는 네가 나의 걸음을 따라 뛰었는데, 앞으로는 내가 너의 걸음을 따라 뛰어야 하는 시간이 왔구나. 그래, 더 열심히 자라렴. 엄마도 시시하지 않은 인생을 살도록 애써볼게.

그렇게 거절당한 '김소울의 날'은 우쿨렐레를 아침부터 붙잡고 한참을 놀다가 아침 점심을 모두 대충 숙소에 있는 음식으로 때우는 '뒹굴 데이'가 됐다. 사실 원고를 써야 했는데, 그것도 결국 미뤘다. 아이를 데리고 긴 여행을 할 수 있게 해주는 소중한 일거리임에도 불구하고 잠시 잊기로 했다. 그냥 하루 정도는 너무 열심히 무얼 하지 않아도 될 것 같았다. 일몰 시각을 확인해 잠시 매직 아일랜드에 나가서 보고, 돌아오는 길 일식집에서 지라시 스시를 먹은 게 전부였다.

영어
수다

파도가 그동안과 다르게 좀 셌다. 물에 들어가 몇 발짝 안 떼었는데 몸을 띄우기도 전에 밀려오는 파도 때문에 시작부터 물을 먹었다. 좀 화가 난 듯, 거세게 밀려오는 파도에 몸을 맡기고 놀다가 당하기를 수차례. 소울이가 한마디 한다.

"엄마, 일요일이라 파도도 신이 났나봐."

다 자란 줄 알았는데 다시 꼬마 모드 전환.

"엄마, 우리 금토일은 오지 말고 월화수목만 오자. 나도 금요일부터 신나거든."

"그래, 그러자." 하며 얼마 놀지 못하고 녹초가 되어 숙소로 돌아왔다. 그리고 그날, 엘리베이터에서 눈인사만 나누던 제임스와 첫인사를 했다. 제임스는 여기서 사는 거냐고 물었다.

"놀러 왔어요, 2주 후에 돌아가요."

"그럼 방학이라 온 거에요?"

"네, 우리나라는 지금 너무 추워서 따뜻한 이곳으로 왔어요."

"진짜 멋지네요. 좋은 여행하세요."

또 보자고 인사를 한 뒤 제임스는 쓰레기봉투를 들고 주차장 쪽으로 사라졌다. 물에서 많이 놀지도 못했으니 특별한 저녁을 먹자고 나오는 길이었다. 정하고 길을 나서자고 로비에 앉아 소울이와 고민을 하고 있는데 시카고에서 왔다는 중국인 아줌마가 말을 걸었다.

"나는 시카고에서 왔는데, 어디서 왔어요?"

"한국에서 왔어요."

"한국은 어때요? 시카고는 너무너무 추워요. 여기 오니까 살 것 같아요."

"한국도 추워요. 친구가 시카고에 살아서 춥단 얘기 들었어요. 눈 많이 왔다면서요."

"말도 말아요. 매일 매일 눈이 오는데, 너무 힘들었어요. 난 추운 게 정말 싫거든요."

"저도 그래요. 이제 하와이에서 즐겨요."

"그래야죠. 그쪽도 좋은 하루 되세요."

이런 수다쟁이 아줌마들이 가는 곳마다 있어 심심할 틈이 없다. 영어를 정말 못하지만, 이런 수다가 가능한 게 신기할 뿐이다. 처음부터 이러진 않았다. 해외여행을 시작했던 20대 중반부터 지금까지 쭉 내 영어는 제자리걸음이다. 그냥 계속 못한다. 그런데 신기하게 수다가 점점 는다.

이유를 생각해보니 아줌마의 뻔뻔함 때문이라기보다 대화가 소통이란 걸 알게 되어서인 것 같다. 영어가 점수를 위한 '공부'가 아니라 소통을 위한 '언어'라는 걸 깨달은 것은 영어와 헤어진 후였다. 중학교에서 대학을 졸업할 때까지 10년, 회사를 다니면서 회화 학원을 다니고 개인 과외를 받기도 하면서 영어를 잡았지만 한 치 앞으로 나아가지도 못한 것에 회의를 품게 됐다. 그리고 런던 여행에서 웨이터에게 무시를 당한 사건 이후 영어와 결별을 선언했다. 나에게 눈길도 주지 않은 상대와 사는 건 지옥이지. 차라리 하루라도 빨리 헤어지고 새로운 관계를 맺는 게 낫다는 결론을 내리고 영어와 과감히 갈라섰다. 그리고 얼마 후 영어가 아닌 나와 맞는 다른 언어가 분명히 있을 거라는 믿음으로 찾아보았다. 세상엔 많고 많은 언어가 있는데 왜 난 굳이 꼭 영어만을 고집했을까?

10억 인구가 전세계 곳곳에 자리 잡고 있는, 사용자가 엄청난 중국어, 영어보다 더 많은 사람들이 사용한다는 스페인어,

배워두면 폼 날 것 같은 불어 등등. 여러 언어 중 난 일본어를 선택했다. 영어로 말할 때 어순 때문에 힘들었으니, 어순이 같은 언어라면 좀 쉽게 접근할 수 있을 것 같았고, 세계 어디를 가도 일본어 해설, 일본어 메뉴, 일본 직원들이 있었기 때문에 영어가 부족하다면 일본어로 충분히 여행이 가능할 것도 같았다. 어떤 공부를 시작할 때 목적이 뚜렷해야 하는데, 내가 언어를 배우려는 목적은 '여행' 때문이었다.

아이도 키우고 일도 하고, 그러느라 언감생심 학원은 생각도 못해 EBS 일본어 동영상 교재를 사서 초급과 중급 과정을 혼자 공부했다. 확실히 어순이 같으니 이해도 빠르고 응용도 잘됐다. 자격시험을 목표로 공부한 게 아니기 때문에, 기초를 다진 후부터는 드라마를 보면서 말의 뉘앙스를 익혔다. 우리와 비슷하면서도 미묘한 차이가 느껴졌다. 공부를 어느 정도 하고 일본에 갔을 때, 외국에서 어렵지 않게 말이 통하는 것에 대한 기쁨이 말도 못 했다. 늘 어느 정도 긴장을 하고 위축된 상태로 여행을 했는데, 말이 통한다고 생각하니 마음이 훨씬 편해졌다.

여행에서 돌아와 소통의 재미를 느낀 후에는 일본 친구들과 일본어로 대화를 나눠보거나, 일본 TV 프로그램을 정기적으로 보면서 일본 문화를 이해하려고 했다. 일본어 공부는 일본

뿐 아니라 유럽과 하와이에서도 잘 활용할 수 있었다. 하와이에는 대부분 상점에 일본 직원들이 있기 때문에 영어 한마디를 안 써도 모든 걸 해결할 수 있다. 또 유럽의 유명 관광지에는 일본어 설명이 함께 있으니 필요할 때 그걸 체크하면 됐다. 물론 일본어라고 유창하게 떠들지는 못한다. 여행을 가서 간단한 대화를 나누고, 물건을 사고, 내 의견을 전달하고, 상대의 말을 알아듣는 아주 기본적인 회화가 가능한 정도다.

뛰어난 실력은 아니지만 일본어를 하게 된 뒤 영어도 두렵지 않게 됐다. 실력은 여전하지만 내가 알고 있는 것만으로 누군가와 '대화'가 가능해진 것이다. 더 이상 눈을 피하지도 않고, 작은 칭찬에 답례도 하게 되고, 반가운 인사에 반응도 할 수 있게 됐다.

소울이는 나보다 좀더 유창한 영어를 했으면 하는 욕심이 없지 않지만, 또 그렇지 않으면 어때. 수다 떠는 데 아무 문제없는걸.

호놀룰루

몸을 쓰는 즐거움

하루에 못해도 10km는 족히 걷는 것 같았다. 숙소가 시내에서 떨어진 곳이라 일단 해변에 가려면 걸어야 하고, 우쿨렐레 수업을 받으러 갈 때도 걸어야 했다, 많이. 수업 받으러 가면서 부기보드며 튜브며 다 들고 가 민폐 끼칠 수 없기 때문에 어느 날은 걸어서 20분 거리를 두 번 왕복했다.

버스도 있고, 트롤리도 있지만 어차피 정류장에서 내려 또 걸어야 하기 때문에 기다리는 시간, 걷는 시간을 따지면 그냥 처음부터 걷는 게 나았다. 집에 있을 때 너무 움직이지 않아서, 이참에 1년치 운동 몰아서 하자 싶어 열심히 걷고 또 걸었다. 가끔 다리가 뻐근하고 발바닥이 조여왔지만 걸으면 보고 싶은 것들을 놓치지 않고 볼 수 있어 좋았다.

튜브와 부기보드, 비치용 타월과 물통을 담은 가방을 들고 숙소를 나와 횡단보도를 한 번, 두 번, 세 번 건너면 널따란 공원이 나왔다. 한눈에 들어오지 않는 공원에는 한아름에 안을 수 없는 굵은 바니안나무들이 치렁치렁 가지를 내리고 곳곳에 서 있었다. 소울이와 손을 잡거나 혹은 경주하면서, 잔디를 가로지르며 스케이트보드를 타는 사람, 자다 깬 노숙자들, 제복을 입고 바쁘게 움직이는 우체국 직원(근처에 큰 우체국이 있다), 청소부, 커피 잔을 들고 이야기를 나누는 사람들, 사진을 찍는 관광객, 여러 사람을 스쳤다. 그리고 다시 횡단보도를 한 번, 두 번 건너 사잇길로 들어서면 드디어 와이키키 해변.

처음엔 숨이 차더니, 어느새 뛰어도 거뜬했다. 몸이 가벼워지는 것 같고 괜한 고민이 사라졌다. 걷기가 이렇게 좋은 것이라니. 단순한 진리에 새삼스럽게 감탄하며 매일 하루를 시작하는 게 얼마나 행복했는지.

그날도 우쿨렐레 수업을 가려고 아침 일찍 집을 나섰다. 엘리베이터를 타고 내려오면서부터 뭔가 저쪽 건너에 사람들이 떼 지어 오는 게 보여, 마라톤이 있나, 시위를 하나 했는데 가까이에서 보니 차도를 모두 막고 행진하는 대열이었다.

1월 19일, '마틴 루터 킹 데이'였다. 평화와 자유와 사랑과 뭐 그런 구호들이 쓰여 있는 피켓이 지나가고 우리도 길가에 서서 주먹을 쥐고 엄지와 새끼손가락만 편 채 흔드는 하와이식 손 인사로 그들을 맞았다. 차가 막혀 선생님이 늦는 바람에 우쿨렐레 수업이 취소되긴 했지만, 그래도 아쉽지 않았다. 천천히 걸으며 색다른 경험을 할 수 있었으니까.

다시 숙소로 돌아와 물놀이할 것들을 챙겨서 같은 길을 걸어 해변에 갔다. 매일 와도 매번 입구부터 들떠 어쩔 줄 모르는 소울이와 함께 모래사장을 가로질러 물에 뛰어들었다. 과연 소울이 말대로, 월요일의 파도는 일요일과 다르게 시무룩했다. 얌전하게 일렁이는 게, 둥둥 떠다니기 어찌나 편안하던지. 아이는 별다른 장난감 없이도 뒤집힌 신발 그릇 위에 하트 컵케이크, 별 컵케이크를 만들며 놀았다. 소울이가 모래놀이를 하는 동안 태양을 받으며 누워 낮잠을 잤다. 아침 내내 걷고 또 걸었더니 잠이 밀려왔다. 게으름에 대한 죄책감 없이 단잠에 빠졌다. 한참을 놀고 다시 돌아가는 길, 손을 꼭 잡은 소울이가 이런 말을 했다.

"엄마, 이번에 나 여기 와서 친구 사귀는 게 목표였잖아. 그런데 친구를 사귀긴 그른 거 같아. 이제 돌아갈 날이 일주일밖에 안 남았잖아."

그러니 친구를 사귀기 위해 영어공부를 열심히 해야 한다고 말하지 않았다. 우리의 여행은 영어 말고 친구 말고 다른 것들과 친해지고 있었으니까.

호놀룰루

아무것도
아닌 것이
아무것인

떠나기 사흘 전 드디어 훌라 댄스 레슨에 참여했다. 매일 해변에서 노느라 시간을 놓쳐 못 배웠는데 우쿨렐레 수업 끝나자마자 바로 붙은 수업을 운 좋게 듣게 된 것이다.

훌라 댄스는 내게 맞춤형 춤이었다. 천천히 엉덩이를 씰룩거리면서 손과 팔은 말 모양처럼 해주면 되고, 몸을 과하게 움직일 필요가 없으며, 스텝이 어렵지도 않았다.

“키스해주세요, 마이 스위트하트….”

이런 가사에 맞춰 간단한 동작을 하면 됐는데, 선생님께서 말씀하신 훌라 댄스의 포인트는 ‘마음을 담아’야 한다는 것이었다. 마음 담아 하는 걸 또 참 잘하는 사람이라, 노래가 반복되고 반복되도 지치지 않고 마음을 담았다. 비록 마이 스위트 하트가 눈앞에 없었지만 말이다. 한 시간 레슨은 숨 좀 쉬니 끝났다. 진작 할걸, 아쉬웠다.

"소울아, 아무래도 겨울마다 하와이 와야겠다. 이곳엔 따뜻한 날씨, 바다, 춤, 노래, 뭐 엄마가 좋아하는 게 다 있는 곳 같아."

두 가지 수업을 끝내고 여행사에 찾아가 떠나기 전 남겨놓은 이런저런 투어 신청을 했다. 오아후에서 차를 빌리지 않고 오래도록 묵을 수 있었던 것은 이 일일투어 덕분이었다. 섬 일주, 스노클링, 한밤의 야경 투어 등 놓치면 아쉬운 관광 코스를 떠나기 전 한꺼번에 현지 투어로 대신했다. 차를 빌려서 좀 더 느긋하게 다니는 것도 좋겠지만, 그런 관광 코스가 아니라면 굳이 차가 필요 없는 곳이 와이키키였다. 주차장도 비싸고, 가는 곳마다 주차 때문에 차를 가지고 다니는 게 오히려 귀찮아질 수도 있었다. 가격도 각 투어별로 매겨지는데, 생각보다 합리적이어서 큰 부담 없이 신청했다. 와이키키 중심가에 한국 여행사가 있어 제대로 소통하면서 신청할 수 있다는 것도 좋았다. 당장 그날 밤 야경 투어를 다녀왔다. 호놀룰루 야경이 끝내주게 보인다는 탄탈루스라는 이름의 예쁜 언덕이었다.

하나둘 사람들이 모여들었고 하나같이 기대에 부푼 표정으로 노을이 질 때 도착해 가만히 언덕 위에 앉았다. 아름다운 불빛을 보기 위해선 어둠이 와야 했다. 어둠을 기다리는 사람들이라니. 저 아래 바다를 빙 두르고 삐죽거리는 건물들로 들어찬 도시가 보였다. 팔을 뻗어보니 손바닥보다 조금 컸다. 숨바꼭질하듯 두 손으로 도시의 민낯을 가리고 어둠을 기다렸다. 노을이 물러가고 이내 어둠이 밀려왔다. 하나씩 밝혀지는 크리스마스 트리의 전구처럼 불빛이 번졌다. 별이 빛나듯 하나씩 불을 밝히는 도시를 내려다보며 불빛 안에 살고 있는 인생들과, 그들과 다르면서 다르지 않은 내 삶을 떠올렸다. 한 달간의 여행이 끝나가고 있었다. 하와이에서의 한 달은 어둠 속에 별처럼 빛나는 야경 같은 여행이었다. 아름답고 황홀했다. 이제 며칠 후면 일상으로 다시 돌아갈 것이다. 아침이 되면 아무것도 아닐 탄탈루스 언덕 같은 일상을 마주할 것이다. 그러나 기억하겠다. 야경의 반짝임은 아니라도 우리의 하루하루에 뜨거운 태양이 빛나고 있다는 사실을.

하와이에서 나눈 소울이와의 마지막 대화는 독립에 관한 것이었다.

"스무 살부터는 네 인생을 살아."

"아, 너무 무서워. 꼭 그래야 해?"

"그럼. 각자의 인생을 살아야지. 소울이는 소울이의 인생. 엄마는 엄마의 인생. 엄마 아빠가 늙어서까지 소울이를 돌보면 나중에 소울이가 엄마 아빠를 돌보느라 힘들어져. 그러지 말고 우리 각자 잘 살자. 어때?"

"응, 좋아!"

느긋하게 '살러' 갔던 여행이었지만 '여행'은 어디까지나 여행이었다. 끝이 기다리고 있었다. 떠남이 아쉬워 돌아오는 비행기에서 필사적으로 하와이와 닮은 나의 것들을 떠올렸다. 한여름의 잔디와 숲, 시간이 좀 걸리지만 그래도 멀지 않은 곳에 있는 바다, 가족들과 함께 먹는 식사, 마당에 아무렇게나 앉아 우쿨렐레를 연주하는 휴일, 햇살 좋은 날의 소풍. 안심이었다. 천천히 둘러보니 나의 일상도 그림 같은 휴양지의 그것과 닮은 점이 꽤 많았다.

다시 아이를 키우고 글을 짓는 생활에 몰두해야겠다. 그래야 텅빈 잔고를 다시 채워 또 떠날 수 있을 테니 말이다.

하나우마 베이는 겁쟁이로 둘째가라면 서러워할 우리 모녀도 물과 단박에 친해질 수 있는 곳이었다. 오래전 화산이 폭발하면서 생긴 분화구가 침식 작용으로 한쪽이 뚫려 바다가 된 곳으로 스노클링의 최적의 장소. 천혜의 자연이 있는 곳인 만큼 환경보호를 위해 일주일에 하루는 문을 닫고, 7.5달러의 입장료를 내야 하며(초등학생까지 무료), 들어가기 전 시청각 교육을 받아야 했다. 소울이는 하나우마 베이에 오길 잘했다며, 연신 엄지손가락을 들더니 말했다. "초등학교 겨울방학마다 하와이에 오자. 내가 봤는데 어차피 나는 그때까지 하나우마 베이 공짜야." 어, 그래…. 그게 공짜구나. 한 달이 짧긴 하다. 다시 오는 거 엄마도 찬성.

파도타기라는 것, 사실 처음 해봤다. 술자리에서 주르르 술 채운 잔을 들고 머리에 잔 뒤집어 한 방울이라도 흘리면 '한 잔 더!' 하는 파도타기는 해봤어도, 경기장에서 응원단장이 소란스럽게 흔드는 손에 이끌려 무거운 엉덩이를 들었다 놓는 파도타기를 한 적은 있어도, 진짜 넘실대는 파도 위에 둥둥 떠 있어 보긴 처음이었다. 부기보드에 기대어 바람처럼 파도에 몸을 맡기고 그저 파도가 데려다주는 대로 오고 가는 것. 그동안 내가 했던 파도타기들은 옆 사람 눈치 보며 순서를 놓쳐 흐름을 끊지 않기 위해 바짝 긴장한 채로 했던 것들이었는데 진짜 파도타기는 바다에 녹아든 듯 편안했다.

나는 출산이라는 다리를 건너 육아라는 '섬'으로 들어갔다. 그 섬에 사는 건, 생의 기쁨이었다. 매일 조금씩 자라는 아이. 누워 있다 앉고 그러다 걷고, '엄마'라고 말하고, 이름 쓰고, 책을 읽고. 섬은 작은 생명이 내 품에서 커가는, 그런 아름다운 시간의 꽃들로 만발했다. 그러나 그곳에서 난 혼자였다. 이것이 얼마나 사람을 외롭게 하는지, 그 외로움이 어떤 괴로움을 가져다주는지 겪어본 사람들은 안다. 내가 섬에서 섬처럼 살지 않았던 건 모두 여행 덕분이었다.

태양의 집 같은 그곳에 머물고 있으면 온몸에 비타민D가 과다흡수되면서 세상이 그저 아름다워 보였다. 어제의 짜증은 바닷물에 금방 용해돼 버리고, 눈부시게 빛나는 나만 남았다는 생각에 사는 게 즐거워졌다.

4

간사이

일본

한국 가평

그해 여름, 우리는

겨울방학 때 하와이에 다녀와 가장 크게 느낀 건, 주변의 아름다움이었다. 내가 사는 곳도 초록이 무성한 시절이 되면 하와이 못지않다는 걸 새삼 깨달았다. 그래서 될 수 있으면 여름엔 괜히 다른 데 기웃대지 말고 온전히 일상을 즐겨보기로 했다. 마치 여름 나라로 여행을 떠나온 사람처럼.

그렇게 결정하고 나니 떠남에 대한 아쉬움이 걱정이었다. 그런데 마침 학교장 재량으로 봄, 가을 어린이날이나 국군의 날 등을 묶어 일주일가량 단기방학 제도를 시행한다니 반가웠다. 봄방학에는 체험학습 며칠을 더 붙여서 열흘간 제주에 다녀왔다. 짙고 낮은 돌담 사이를 지나며 빅아일랜드를 떠올렸다. 화산섬이라는 공통점 때문인지 제주와 빅아일랜드는 많이 닮아 있었다. 제주의 곳곳을 다니고, 아이와 가끔 지난 여행을 추억했다. 추억은 잃어버릴 일이 없었고 잊힐 일도 없었다. 싫증나지도 않고 유행을 타지도 않았다.

여름에는 단기방학 덕분에 마음먹은 대로 어디 갈 일 없이 가평에서 지냈다. 가까운 청평호수와 계곡들은 관광객에게 점령당했지만, 마당 주변 새로 난 풀과 앞산이 있어 괜찮았다. 주말이면 존의 염색 가게에서 사온 매트를 깔고 마당에 나와 식사를 했다. 하와이 소울 넘치는 이즈라엘 카마카위올레의 앨범을 BGM 삼아. 냉장고 속 재료를 털어 김밥을 말거나, 시판 소스로 버무린 파스타에 시원한 과일만 곁들여도 좋았다. 휴대용 해먹을 펴고 누워 책을 읽거나 찬물에 발을 담그고 맥주를 한잔하기도 했다. 마당에 어닝을 끝까지 내리고 노트북을 가지고 나와 얼음을 띄운 커피를 앞에 두고 일도 했다. 의욕 넘치는 태양 아래 옷을 가볍게 입고 제일 예쁜 접시에 음식을 담아 먹고 밥벌이를 했던 모든 순간이 찬란했다. 그 자체로 여행이었다. 저 멀리에 있다고 믿었던 것들이 모두 내 앞에 있었다.

그 여름 아이는 아이대로 해리 포터의 마법학교로 여행을 떠났다. 고학년 언니들의 요청으로 학교에 들어오게 된 해리 포터 시리즈 전권을 보더니 일단 1권을 읽어보겠다고 했다. 여름방학 전의 일이었다. 아이 아빠와 나는 "저걸 졸업 전에 다 읽을 수 있을까?" 했다. 아이는 여름방학 내내 매일 손에서 책을 놓지 않았다. 몇 년이 걸릴 거라는 우리 부부의 예상은 보기 좋게 빗나갔다. 아이는 눈을 뜨면 책을 들었고, 가까운 바닷가에 가서도, 잠깐의 틈만 있어도 맛있는 음식을 먹어치우는 속도로 읽어나갔다. 개학이 오기 전, 전권을 다 읽은 소울이는 싱글대며 말했다.

"이번 여름방학은 집에서 편하게 누워 마법학교로 여행을 다녀왔어."

가을방학이 다가오고 있었다. 여름이 끝날 무렵부터 여행지는 이미 정해져 있었다. 해리 포터 시리즈를 다 읽은 소울이가 해리 포터 어드벤처가 있는 유니버설 스튜디오 재팬에 가고 싶다고 했다. 그동안은 그냥 지도를 보다가, 추우니까 더운 데로, 엄마의 일정 때문에, 아는 이가 있다는 이유로 무작정 내가 가자는 곳으로 따라나섰다. 그러던 아이가 처음으로 목적을 가지고 제안한 것이다.

"오사카에 가서 유니버설 스튜디오 재팬에 가고 싶어. 해리 포터를 만날 거야!"

"그래, 그러자. 엄마도 이번엔 벼르던 교토에 다녀와야겠어."

내가
가고
싶었던 곳

온가족이 함께 떠나는 오사카행 비행기 안에서 아이는 한껏 들떠 있었다.

"오사카는 처음이라 기대돼."

"무슨 소리야. 다섯 살 때 갔잖아. 키티 귀이개도 거기서 사 온 거고, 너 가지고 있는 키티 머리띠랑 고양이 핀이랑 머리방울 통으로 쓰고 있는 엘모 팝콘통도 거기서 샀잖아. 기억 안 나?"

"그게 거기서 산 거였어?"

"스누피 마을 가는 길에 처음으로 스티커 사진 찍고 좋아했잖아. 얘 좀 봐."

"그랬나?"

세상에, 네 머릿속에 오사카의 추억은 연필로 그려졌었구나. 지우개가 아주 깨끗이 지워버렸네. 역시 기억은 각자의 몫이다. 그래, 처음부터 아이 기억에 남으라고 한 여행이 아니었으니 괜찮다. 제법 걷기 시작한 무렵부터 아이를 데리고 이곳저곳 돌아다녔던 건, 그 시절의 나를 기억하기 위해서였다. 세 살 딸과 함께했던 여행, 네 살 딸과 함께했던 여행, 다섯 살 딸과 함께했던 여행이 모두 나에겐 다 다르게 다가왔으니까. 그러니 됐다. 나는 나만의 추억을 잘 간직할 테니, 이제부턴 너의 추억을 새로 새기렴.

여행의 목적은 유니버설 스튜디오 재팬이지만 사실 교토와 고베가 더 기대됐다. 그동안 '다시 오지 뭐'란 주문 때문에 짧은 일정에 굳이 넣지 않았던 곳들. 그러나 꼭 가고 싶고 너무 궁금하기도 했던 곳들. 언젠가 잠깐의 시간이 주어지면 혼자서 꼭 다녀와야지 했던 몰래 숨겨놓은 알사탕 같은 곳들.

여행하며 사는 한 작가에게 누군가에게 꼭 추천하고 싶은 여행지가 어디냐고 물었었다.

"교토."

스스로 히피라 부르며 자유롭게 어디든 떠돌아다니는 영혼이 정해준 곳은 생각보다 싱거웠다.

"몰디브도 카리브 해도 세이셸도 뉴욕도 파리도 런던도 아니고 교토라고요?"

"응, 교토. 깨끗하게 정돈된, 과거인지 현재인지 혹은 미래인지 모를 고즈넉한 길을 걷다가, 푹신한 이불이 깔린 료칸으로 들어와 읽고 싶은 책을 실컷 읽고, 그들이 차려준 맛있는 식사를 해봐. 그것만큼 평화롭고 마음이 꽉 차는 여행이 없을 거야."

그 얘기를 들은 후 호시탐탐 교토 여행을 꿈꿨다. 솔직한 심정은 유니버설이고 호그와트고 다 때려치우고 당장 교토로 달려가고 싶었다. '가만히' 생각해보고 싶었다. '가만히' 길게 글을 쓰고 싶었다.

아이를 학교에 보내고 글을 쓰려다 집안일을 하고 다시 일을 하려다 밥을 하고 걸려오는 전화를 받고 세상과 단절되지 않기 위해 카톡을 하고 책상에 앉을 때쯤 아이를 마중 나가 학원에 보내고 다시 일을 하려다 학원에 데리러 가고 저녁을 짓고 아이를 씻기고 빨래를 하고 숙제를 챙기고 내일을 위해 잠을 자는 것 말고. 그냥 조용히 가만히 한 줄을 떠올리고 가끔 배고픔도 잊고 이런저런 사색을 하다가 일을 마치고 편안하게 잠이 드는 걸 하루만이라도 할 수 있다면.

밥벌이의 중심에서 제외된다는 이유로 보호받지 못하는 아내의 '일'. 우선순위에 두었다간 죄책감이라는 옷을 입어버리고 마는 엄마의 '일'. 명절이면 모든 걸 멈추는 게 당연한 며느리의 '일'. 그러나 내게는 너무 소중한 '일'. 교토의 조용한 료칸에서 단 며칠이라도 이 '일'을 온전히 어루만지고 싶었다. 언제쯤 이게 가능해질까? 밥벌이의 중심이 되면? 아이가 다 자라면? 이대로 나이를 먹으면? 그러면 그때까지 일이 나를 기다려줄까? 여자들은 도대체 얼마나 계속해서 자신의 자아와 타협하며 살아야 하는 걸까? 그냥 이게 사는 건가?

어릴 적엔 어른이 되면 원하는 대로 살 줄 알았다. 어른이 되어보니 원하는 대로 사는 건 여전히 어려운 일이었다. 마음대로 하는 것만 같았던 엄마가 사실은 자신이 하고 싶은 많은 것들 것 참으며 살았다는 걸 어른이 되고 나서야 알았다. 엄마의 삶이란 예나 지금이나 다르지 않다. 풀리지 않는 문제로 고민하는 사이 어느새 간사이 공항. 오사카다.

호그와트
꼬마
안내자

상념은 유니버설 스튜디오 재팬에 도착하자마자 사라졌다. 해리 포터 어트랙션을 타기 위해 입장권을 사면서부터 전력질주를 해야 했기 때문이다.

"무조건 뛰어야 해요."

모든 블로거들이 그걸 강조했다. 아침에 문을 열자마자 가더라도, 인파가 몰리는 곳으로 뛰어가 시간이 적힌 해리 포터 존 입장권을 끊고 줄을 서야 힘들이지 않고 체험할 수 있다고 했다.

이렇게 몸을 움직이면 세상의 고민이 반쯤 사라지는 것 같다. 오사카에 오기 몇 주 전부터 시작한 걷기를 통해서도 확인

했다. 소울 학교까지 5리길. 등교 시간마다 걸었다. 차로 다니던 길을 며칠 걷다보니 세상이 아름다웠다. 매일 같은 풍경이지만 또 매일 바뀌는 작은 변화를 알아차린다는 게 생각보다 기쁜 일이었다. 아무것도 없는 시골길을 반복해 다녔을 뿐인 옛 시인들이 어떻게 그런 주옥같은 작품들을 남겼는지 알 수 있었다. 이슬을 머금은 거미줄, 자고 일어나면 자라 있는 벼와 조금씩 옷을 갈아입는 은행나무, 터질 듯 불어나는 밤송이, 능소화와 맨드라미와 코스모스와 찬 가을비에도 꿋꿋하던 마리골드. 걸었더니 밥맛이 꿀맛이 돼 걷는 만큼 먹느라 살이 빠지진 않았지만, 그런 좋은 것들 사이를 지나면 일어나지도 않은 일에 대한 괜한 걱정이 대부분 사라졌다. 그게 좋았다.

들어가보니 표도 넉넉하고 줄도 빨리 줄어 기다리는 것도 그리 지루하지 않았다. 무조건 뛸 필요는 없었지만 그래도 그때 몸을 움직인 것은 참 잘한 일이었다. 운이 나쁘면 세 시간씩 줄을 서야 탈 수 있다는 포비든 저니 어트랙션을 한 시간 만에 탄 후에는 자유롭게 해리 포터 구역을 즐겼다. 아이 아빠나 나나 책도 영화도 접하지 않은 '해리 포터 무식자'들이기 때문에 소울이의 안내를 받아 호그스미드 마을을 둘러봤다. 아이는 '꼭' 사야 한다며 마법학교 망토와 헤르미온느의 마술봉을 사서 입고 들고 설명을 시작했다.

"여기가 호그스미드야. 호그와트가 있는 마법 세계의 마을이야." "이 차는 하늘을 날 수 있는 자동차야. 해리 친구 론의 아빠 차인데 호그와트 기차를 못 타서 이걸 타고 들어가려고 시도했어. 론이 누군지는 알지?" "우와, 호그와트 기차다. 저기 기장님도 계시네. 기장님은 그냥 평범한 마법사야." "버터맥주 한 잔만 사주면 안 돼? 너무 궁금해. 마법 세계에서 마시는 음료인데, 우리가 콜라나 사이다를 마시고 어른들이 술 마시는 것처럼 호그와트 아이들이 호그스미드에 놀러 갈 때마다 마셔. 나도 마셔보고 싶어!"

이쪽저쪽 아이가 설명하는 대로 고개를 끄덕이며 따라다니다보니, 어느새 개구리 초콜릿이 손에 들려 있었다. 다행히 계산하면서 정신을 차려 흙맛이 난다는 젤리는 사지 않았다. 하지만 딸의 안내에 감동한 아이 아빠는 흙맛 젤리가 아니라 흙을 사달라고 해도 사줄 것 같은 표정이었다. 그 틈을 타 나도 바꾸고 싶은 살림살이를 슬쩍 얘기했는데, 어느새 정색을 해서 작전 실패. 잘 안 넘어오는군. 그렇다면 다음 기회에.

이렇게 꼬마 안내자 덕분에 헤매지 않고 해리 포터 영접을 마치고 나와 유니버설 스튜디오 구석구석을 편안한 마음으로 돌아다녔다. 마침 유행 중인 미니언즈 팝콘 통은 마흔다섯의 아저씨를 열광하게 했다. 온 식구가 아저씨 목에 걸린 팝콘을 먹으며 야간 퍼레이드까지 보고 나서야 자리를 떴다. 열 살이 된 아이는 다리 아프다는 소리도 안아달라는 말도 하지 않았다. 갑자기 화장실에 뛰어갈 일도 없었고, 배가 고프다며 보채지도 않았다. 우리들의 시간 속에서 눈치채지 못하게 크고 작은 마법 같은 일들이 벌어졌다. 마법은 호그와트에만 있지 않았다.

오사카

맛으로 기억하는 여행

식솔들 먹여 살리느라 글 써서 돈을 벌 수 있는 온갖 일을 다 하는 남편에게 장기 여행은 꿈꿀 수 없는 것이다. 매주 취재나 인터뷰 등의 일정이 있고, 없더라도 이런저런 원고를 쓰느라 시간을 빼기 힘들어서다. 아이와 둘이 여행을 시작하게 된 것도 저 남자와 함께 가는 걸 기다리다간 영영 못 떠날 것 같아서였다. 사정이 이래서 짧은 여행에는 시간을 어떻게든 구겨 맞춰 함께 가려고 하는데, 또 이러한 연유로 함께 떠나는 곳은 주로 일본이다. 도쿄, 후쿠오카, 오사카 등 비행시간이 부담 없고 짧게 머물러도 괜찮은 곳들은 가족이 다 함께 간다. 물론 끝까지 함께 하지 못하고, 일정 때문에 꼭 먼저 떠나지만 그래도 일단 함께 간다. 덕분에 남편은 맥주와 일본 음식을 누구보다 좋아한다.

볼거리보다는 먹을거리에 집착하는 우리 가족이 어쩌다 함께 외국 여행을 떠날 때 체크하는 것은 메뉴 리스트. 가기 전부터 음식 이름만 말해도 좋아서 입이 찢어지는 크고 작은 두 김씨를 끌고 두번째 날 우선 구로몬 시장으로 갔다.

170년 전통의 오사카 대표 시장은 우리네 재래시장과 비슷한 모습이었다. 나뭇잎에 그어진 잎맥처럼 중앙 통로를 기준으로 오른쪽 왼쪽 사이사이 골목이 나 있는 형태였다. 입구에 가만히 잠시 서서 긴 세월 동안 그곳을 오갔을 많은 사람을 떠올려봤다. 그중에는 차별받던 그러나 억척스럽게 살아가던 우리나라 사람들도 있었을 것이다. 사진을 몇 장 찍고 천천히 시장 안을 둘러봤다.

입구에는 생활용품이, 골목마다 과일, 채소집이 저마다 모여 있었다. 빅카메라 건물 쪽에서 들어오는 오른쪽 입구 끝에는 한국 반찬 가게도 있었는데, 새빨간 색의 여러 가지 반찬과 두부, 가래떡 같은 식재료를 팔았다. 중앙통로 길 중앙에는 제법 큰 마트도 있었다.

게나 전복, 새우 같은 것을 골라 바로 찌거나 튀겨 먹을 수 있는 테이블이 열 개는 넘어 보이는 제법 큰 식당에는 이미 사람들로 가득했다. 어느 가게나 생물을 취급하는 곳은 작은 화로를 두고 가리비나 전복, 문어를 구워 좌판을 벌였다. 관광객을 위한 것인 듯했다. 여기저기 한국어, 중국어가 들리는 사이 조용히 그곳의 생활 언어가 들렸다. 우리와 다르지 않은 삶이 그곳에 있었다.

시장 구경을 하면서 열심히 찾았던 것은 관광 책자에 나온 마구로돈집이었다. 가게는 코너에 있었는데 한쪽에서는 썰어 놓은 참치를 얹은 덮밥 마구로돈을 포장해놓고 팔고, 다른 한쪽에서는 커다란 참치를 해체하고 있었다. 신선한 참치가 듬뿍 얹은 마구로돈을 종류별로 사서 가게 옆에 놓인 테이블로 가져갔다. 맥주를 사와서 먹어도 괜찮겠냐고 하니 주인할머니가 흔쾌히 허락해주었다.

신이 나서 뛰어가 맥주를 사오고, 마법학교 망토를 벗지 않은 소울이는 물을 한 잔 따랐다. 짠, 음식을 앞에 두고 건배를 하며 진짜 일본 여행을 시작했다. 마구로돈을 안주 삼아 진한 맥주를 마셨다. 연신 맛있다고 감탄하며, 곧바로 다음에 먹을 것들에 대해 계획을 세우기 시작했다.

"오사카 성 안 갈래? 관광 안 해도 되겠어?"

"됐어, 맛있는 거나 먹자."

"그래도 오사카는 처음이잖아. 나야 다 가본 곳이지만, 좀 다녀봐야 하지 않아? 도톤보리는 바로 이 앞이야. 먹자골목 같은 데고, 우메다는 번화가인데 가볼래?"

"스키야키 집이 거기 있어? 오사카는 뭘 먹고 가야 한다고 그랬지? 사실 일본은 그냥 슈퍼마켓에서 파는 스시만 먹어도 맛있는데. 그렇지 소울아?"

"응. 맞아. 그런데 엄마 고베규(고베산 쇠고기)는 언제 먹어? 다코야키도 먹을 거지?"

이 사람들 정말, 다 먹을 거야. 걱정 마. 다 먹여줄게.

남편과 함께한 2박 3일 동안 먹고 싶은 걸 다 먹었다. 소화를 시키고 다시 찾은 구로몬 시장 고베규 집이 문을 닫아 다음 날 고베에 가서 진짜 고베규도 먹고, 사케벤토, 장어덮밥, 다코야키, 스시, 사시미, 종류별 맥주를 잔뜩 먹었다. 소화가 다 안 돼 먹지 못한 스키야키는 다음에 먹기로 했다.

다음 날 고베 산노미야 공항버스 정류장에서 버스에 짐을 실으며 남편은 남겨진 우리에게 진지한 얼굴로 몇 번이고 신신당부했다.

"재영, 소울이랑 고베규 꼭 한 번 더 먹어."

곧 떠날 아빠 손을 꼭 잡고 있던 소울이는 환호했다.

"오예!"

아, 이 사람들 진짜.

어떤 여행은 사람으로 기억되고 어떤 여행은 풍경으로 기억된다. 그러나 우리 가족이 함께한 여행은 이번에도 역시 '맛'으로 기억될 것 같다.

"고베규는 내가 알아서 할게, 조심해서 돌아가."

그 풍경 속에
우리도,
고베의 밤

배웅을 마치고 아이와 둘이 손을 잡고 고베 거리를 걸었다. 퇴근하는 사람들의 발길이 바쁜 시간이었다. 호텔은 고베 중심가에서 1km 정도 떨어져 있었다. 짐을 가지고 움직이느라 나올 때 택시를 타서 감에 의지해 호텔을 찾아갔다. 그리고 예외 없이 감은 빗나갔다. 뾰족한 호텔 지붕이 분명 보이는데 왜 자꾸 멀어지는 걸까. 지나는 사람에게 길을 물으니 처음부터 한 블록 안쪽 길을 따라갔어야 했다. V자 형태의 블록은 숙소 근처쯤에선 그 간격을 더 벌려놨다. 직선으로 가면 될 길을 삼각형으로 돌아가는 꼴이었다.

어쩔 수 없이 작은 골목을 따라 다시 위로 거슬러 올라가는

데 번쩍거리는 불빛이 나타났다. 커다랗게 시장 입구라는 간판이 보였다. 구로몬 시장보다 규모는 작지만 제대로 된 번듯한 시장이었다. 일부러 찾으려 해도 힘들었을 텐데 이게 무슨 행운인가 싶었다. 시장 구경은 다른 나라 여행에서 빼놓을 수 없는 재미다. 관광객을 위해 만들어진 시장 말고 이런 진짜 현지인을 위한 시장들이 특히 그렇다. 동네 사람인 듯 쓱 어울려 이런저런 구경을 하면 또 다른 삶을 사는 것 같아 기분이 묘해진다. 전혀 다른 세상에서 살고 있는 상상 속의 일이 실현된 느낌. 면 원피스에 카디건, 한손에 간단한 지갑을 든 채 아이 손을 잡고 시장 입구로 들어서는 나는 영락없는 고베 아줌마였다.

저녁거리를 사고 둘러보는데 모찌며 오니기리를 파는 할머니네 가게에 단고가 보였다. 좌판에 몇 개 남지 않은 걸 보니 마지막 떨이를 하려는 모양이었다.

"100엔으로 깎아줄게, 이거 가져가."

"진짜요?"

"그렇다니까. 100엔만 줘."

"고맙습니다!"

소울이는 종일 단고가 먹고 싶었는데 행운이 찾아왔다며 입이 찢어졌다. 도대체 내내 배가 터지게 먹어놓고 단고가 먹고 싶은 틈이 언제 있었는지 궁금했지만 묻지 않았다. 지금 우리는 여행 중이니까.

지갑을 쥔 채 손가락에 봉지를 걸고 나머지 한 손으로 아이 손을 잡고 시장에서 나와 호텔 가까이로 더 올라가니 커다란 공원이 보였다. 중심가 반대쪽이니 여행 내내 이런 공원이 있는지도 모르고 지나쳤을 것이다. 역시, 길을 잃길 잘했다. 아니 걷길 잘한 걸까?

지금도 고베를 떠올리면 유명하다는 고베 관광지 풍경보다 따뜻한 저녁에 만난 모퉁이 시장이 생각난다. 핑크와 연두와 하얀 떡이 가지런하던 할머니네 단고와, 아이보리색 앞치마를 두르고 카랑카랑한 목소리로 시원시원하게 100엔으로 깎아주던 할머니, 옆집 채소 가게 아저씨와 서로 안부를 묻던 아가씨의 웃음, 빈 박스를 수레에 싣고 바쁘게 지나가던 청년, 저 시장 천막 밖 웃느라 찌그러진 내 얼굴 같던 밝은 달이 그림처럼 펼쳐진다.

고베

유년의 향수

짙은 남색 반바지에 흰 반팔티셔츠, 노란 모자를 쓴 아이들이 운동장에 모여 있다. 운동회다. 운동장엔 어제 새로 그은 하얀 트랙이 둘러져 있고, 가족들도 미리 와 자리를 잡았다. 교장 선생님 당부 말씀이 끝나면 청과 백으로 흩어져 주임 선생님이 '빵' 하고 총을 쏘면 경기가 시작될 것이다.

초등학교 운동장이 보였다. 열차의 체감 속도는 한없이 늦춰졌다. 그 운동장에 30년 전 내가 있었다. 초등학교 아니 국민학교 때 입던 체육복과 모자까지 같은 색깔이라 더 그랬는지도 모르겠다.

처음 도쿄 여행을 하면서 가장 놀랐던 것은 익숙함이었다. 공항에서 내려 버스를 타고 시내로 들어가면서 가없이 문득문득 향수가 밀려왔다. 정확한 이유도 몰랐다. 그냥 느낌이, 요샛말로 '느낌적인 느낌'이 그랬다.

그 뒤로 여러 번 일본 이곳저곳을 접하면서 깨달은 건 나의 기억이 식민의 영향이었다는 사실이다. 식민에서 벗어난 내 조국은 그 영향을 받은 것들을 없애버렸고, 그러면서 자연스럽게 유년의 추억도 흔적을 찾기 어려웠다. 그런데 없어진 줄 알았던 많은 것들이 아직 일본에는 남아 있었던 것이다.

일제 강점기 서울 유명 여고를 나왔다는 할머니 댁에는 늘 일본 잡지가 있었다. 할머니는 익숙하게 일본어로 된 잡지를 읽었다. 지금 생각하면 부엌살림, 화장품, 장신구 등 할머니를 둘러싸고 있던 많은 것들이 일제였다. 그 또한 할머니 나름대로 당신의 옛 추억을 떠올리기 위한 방편이었을 것이다.

엄마는 가끔 그 잡지에 나온 레시피로 카스텔라를 구워주곤 했다. 달걀이 많이 들어가 촉촉하고 묵직하던 그 맛을 지금도 기억한다. 이런 식으로 식민의 영향은 어린 나에게 어쩔 수 없이 스며들었다. 지금도 왼쪽에서 오른쪽으로 넘기는 일본 책들을 보면 어릴 적 친가 유리 탁자 위에서 잡지를 한참을 들여다보고 있던 내가 오버랩된다. 카스텔라를 먹을 때도 마찬가

지다. 언젠가 엄마를 모시고 긴자 미쓰코시 백화점에 갔을 때 엄마는 그곳에서 시어머니의 향기가 난다며 웃었다.

생각해보니 그것은 식민의 잔재도 친일의 흔적도 아닌 한 사람의 추억이고 기억이었다. 일본을 여행하다보면 어린 시절 보았던 건물과 비슷한 건물을 만나고, 일본의 잔재라고 대부분 베어버린 천변의 버드나무를 만나고, 그 시절 먹었던 음식을 만난다. 짙은 남색 반바지와 흰 티셔츠 같은 내가 입던 것과 꼭 같은 체육복을 입은 아이들과, 그 아이들 가슴에 달린 이름표를 만난다. 귀찮아도 꼭 머리에 써야 했던 노란 모자와 하얀색 반 타이츠를 신고 집으로 뛰어가는 아이들을 볼 때마다 그때의 나를 만난다.

나 역시 유년의 추억 대부분이 식민의 잔재였다는 것에 적잖이 당혹스러웠다. 그러나 그것을 칭송하자는 게 아니니 괜찮다고 스스로를 다독인다. 한 사람의 역사에 깃든 향수가 한 나라의 아픈 역사 속에 자리 잡은 것을 어쩌겠는가. 어차피 다시 만날 수 없는 먼 옛날이야기일 뿐, 반가워하되 그리워하지 않으면 그렇다면 괜찮지 않을까? 처음부터 사과와 반성은 그들의 몫이었다.

어쨌든 나는 일본의 문화가 어린 시절의 향수가 아니라, 새로운 이국의 문화로만 받아들여질 내 다음 세대가 부럽다. 그

세대를 사는 우리 딸은 이곳에서 더 재미있고 즐거운 추억을 많이 만들기를.

교토

기모노를 입고

"무슨 색을 고르겠어요?"

옷걸이에 걸린 수많은 기모노 앞에서 한참을 망설였다. 아이 옷은 몇 벌 되지 않아 맞는 걸 찾아 입어야 하는 수준이었지만 어른들의 것은 선택할 게 너무나 많았다. 소울이는 웃으며 탈의실로 들어갔고 나는 남아, 이어지는 선택 앞에 고민 중이었다. 마치 우리 인생처럼.

신중하게. 쉽게 오지 않는 기회니까 신중하게. 정작 신중해야 할 결정은 바람보다 빨리 내리면서 이럴 땐 도대체 왜 이렇게 힘이 드는지. 친절한 얼굴로 내 대답만 기다리고 있는 기모노 대여점 직원 앞에서 고민만 하고 있을 수 없는 일. 우선 제일 비싼 것 중에 고르겠다고 했다. 2, 3만 원 차이로 조금 더 비싼 것들이 별도로 행거에 걸려 있었다. 딱 봐도 옷감의 색채나 프린트의 선명도나 다양성이 달랐다. 이왕 입는 거, 군것질 좀 줄이고 예쁜 걸로 입자. 눈앞에 대여할 수 있는 것들 중 가장 비싼 기모노가 걸려 있는 행거만 남았다. 서른 벌 남짓, 이 중에서 난 또 뭘 골라야 하지?

"수수한 스타일이 잘 안 어울려서 화려한 게 좋을 것 같은데, 추천해줄래요?"

"그렇다면 진한 빨간 줄무늬 바탕에 보색 꽃무늬가 화려한 이쪽이나, 핑크 바탕에 금박 무늬가 있는 건 어떨까요? 확실히 강렬한 쪽이 어울리는 것 같아요."

"둘 다 예쁜데, 하나만 골라야 하죠? 아, 결정했어요. 빨간 줄무늬로 할게요."

자, 이제는 허리를 감싸는 오비와 깃의 색깔을 고를 차례. 두 개의 컬러를 잘 맞춰야 하는데, 이건 또 어쩐담. 고민 끝에 검은 바탕에 흰 줄이 강렬한 오비와 금박무늬가 있는 연둣빛 깃으로 결정했다. 머리는 양쪽을 땋아 올린 업스타일.

기모노를 제대로 입으려면 다른 사람의 도움이 필요하다더니, 속옷부터 겉옷을 걸치고 오비를 두를 때까지 여러 과정을 거쳐야 했다. 정성스럽게 몸에 맞춰 길이를 잡아주고 허리를 매준 덕에 제법 그럴싸한 옷차림이 됐다. 이미 전부 세팅하고 나와 있는 소울이는 공연 의상을 입은 꼬마처럼 귀여웠다.

"오후 여섯 시까지 돌아오시면 됩니다."

"네, 다녀올게요."

"잘 다녀오세요."

인사를 마치고 대여점 밖으로 나오니 세상은 안으로 들어갈 때와 달라져 있었다. 옷을 바꿔 입기만 했을 뿐인데 낯설기만 했던 이 오래된 도시가 스르르 내 안으로 스며들었다. 그제야 유니버설 스튜디오 재팬에서 소울이가 왜 그렇게 호그와트의 망토에 집착했는지 이해가 됐다. 아이는 책 속 세상이 실현된 그곳에 가상이 아닌 진짜로 편입되고 싶었던 것이다. 그리고 그 망토를 걸치는 순간 마법처럼 자신이 호그스미드의 일원이 된 것 같다는 생각이 들었을 테고.

여행지에 가면 그곳 사람들의 옷을 입어본다. 몸매나 피부색은 아무 상관없다. 그 거리를 지났던 무수한 발자국들이 걸쳤던 익숙한 것들을 입고 서면, 공간은 나를 편견 없이 따뜻하게 받아준다. 오래전에 만났던 옛 친구처럼 반갑게.

기모노를 입고 나니 그제야 수많은 관광객이 나와 분리됐다. 그들과 비슷한 여행자의 옷을 입고 거리에 당도했을 때의 아득함은 사라졌다. 어딜 가나 사람들로 가득한 주말의 교토였다. 붉은 단풍잎에 둘러싸인 옛 거리가 아름다운 고즈넉한 교토는 관광 안내 책자에만 있었다.

교토역은 시간을 밀어내는 사람들과 당기는 사람들이 한데 엉켜 상상 이상으로 붐볐고, 교토 관광지를 잇는 버스들이 끊임없이 들고 나는 정류장은 꼬리처럼 긴 줄을 달고 있었다. 오랫동안 꿈꾸던 교토의 생각지도 못한 풍경에 어안이 벙벙해 일단 가까운 기요미즈테라로 가자고 해서 들어서게 된 곳이 골목 어귀 기모노 대여점이었다. 만원 버스에 실려 가면서 그제야 내가 그렇듯 남들도 단풍 물든 교토를 보고 싶어하고, 그날이 주말이란 걸 상기했다. 출퇴근 없는 프리랜서가 된 후 가장 무뎌진 건 요일 감각이다. 남들 일할 때 쉴 수 있지만 또 쉴 때도 일해야 하는 환경이 준 습관.

기모노를 입고 게다를 신고 종종 걸음으로 걸었다. 교토 사람이 된 것 같았다. 우리는 청수사라고도 불리는 기요미즈테라에서 니넨마치를 따라 내려와 도요토미 히데요시의 부인 이름을 땄다는 네네의 길을 지나 기온 거리에 들어섰다.

교토

잃어버린
모자를
찾아서

여행은 불편한 곳에서 불편한 일들을 하나씩 해결해나가는 그런 일인 것 같다. 살던 곳이라면 아무 일도 아닐 것들을 두 발로 찾아다니면서 해야 하는, 도와주거나 부탁할 사람 없이 오로지 스스로 해결해야 하는 일들을 차근차근 해나가는 것.

그렇게 편안함과 익숙함에 정지되어 있던 감각들을 깨워 움직이게 하는 것. 하나부터 열까지 모든 것이 새롭고 신기하던 작은 것 하나도 도전이었던 그때로 돌아가는 것. 그래서 조금 젊어지거나 혹은 어려지는 것.

기모노 대여점에 모자를 두고 왔다는 걸 교토역으로 향하는 버스 안에서 알았다. 버스를 타고 역으로 가는 그때 이미 에너지가 모두 소진되어 있어 그토록 가고 싶었던 가모가와 주변 선술집 저녁식사도 재고 중이었다. 그냥 교토역 이세탄 백화점 지하 식품매장이나 푸드코트에서 벤토 하나 사서 먹고 고베로 돌아갈까 그러던 차였다.

생각이 깊어지면 왠지 머리가 가렵다. 고민하다가 머리를 긁었고 머리를 긁적이다 깨달았다. 모자를 두고 왔구나. 대여점 언니가 잊은 물건 없느냐고 할 때 자신 있게 고개를 끄덕였는데. 세상에 모자를 잊었다.

그 모자는 여행 오기 얼마 전 맞춤모자 전문점에서 샀다. 뒤통수가 튀어나오고 머리 위는 뾜난 것처럼 길쭉하게 솟아 편하게 맞는 모자를 찾기 어려웠던 만큼 내 마음에 쏙 드는 모자였다. 얼굴을 반쯤 가려줘 여행지에서 아침에 세수 안 한 얼굴로 커피를 사러 갈 때 쓱 쓰기도 좋았다. 챙도 적당했고, 원단도 부드럽고, 평소 좋아하는 데님 컬러에 브라운 빛깔 띠가 둘러져 무겁거나 가벼운 옷차림 어느 것에나 어울렸다. 그리고 무엇보다 고민하게 된 한 가지 이유는 모자치고 제법 가격이 있는 데다 3개월 무이자할부 중 한 달 치가 남았다는 사실이었다.

이걸 찾으러 다시 가, 말아? 아직 문을 열었을까? 갔는데 허탕 치면 어쩌지? 대여점 전화번호도 없네. 너무 힘들어서 내일은 고베에서 쉬려고 했는데, 다시 교토에 와야 하나? 힘들어도 오늘 찾아갈까? 아니 그냥 포기할까? 어둑해지는 교토역 앞에서 아이 손을 잡고 결론을 내리지 못하고 어쩔 줄을 몰랐다.

"엄마, 배고파."

"그래, 저녁 먹어야지. 가려고 했던 강변은 힘들어서 못 갈 거 같아. 아직까지도 차가 많아서 택시 타도 오래 걸릴 거 같고. 그냥 이 근처에서 먹을까?"

"난 어디든 좋아, 상관없어. 그런데 엄마 그 모자 어떻게 할 거야?"

"고민되네. 사실 오늘 너무 피곤해서 내일은 고베에 그냥 있을 생각이었거든. 모레는 떠나는 날이라 짐을 가지고 다시 교토에 오기 더 귀찮을 거 같고. 찾으러 오면 내일 와야 하는데 말야."

"지금 가보자. 내일 다시 오긴 힘들 수 있잖아."

"지금 갔다가 혹시 문을 닫았을까봐. 저 사람 많은 버스를 타고 또 니넨마치까지 가야 하니까."

"그래서 엄마는 어떻게 하고 싶어?"

"모자가 아쉽기도 하고, 한편으로는 여행지에서의 추억이라고 생각하고 잊을까도 싶고. 일단 지금 가긴 소울이도 피곤하고 너무 힘들 것 같아서. 어떻게 할까?"

"난 다 괜찮아. 그런데 엄마, 엄마 그 모자 쓰면 외국사람 같았어. 그리고 엄마가 싫어하는 큰 얼굴이 가려졌어."

소울이의 말에 난 어떻게 해서든 모자를 찾기로 했다. 모자를 찾아서 싫어하는 큰 얼굴을 당장 가리고 싶어졌다. 우리는 다시 버스를 타고 기온에서 내렸다. 낮에 지났던 도요토미 히데요시의 부인인 네네가 히데요시 사후 건립했다는 고다이지를 지나 니넨마치로, 언덕길을 뛰듯 올라가 골목으로 들어섰다. 거리는 이미 어둠에 잠겨 있었다. 주말인데도 저녁 무렵이 되니 대부분의 상점이 문을 닫았다. 대여점도 물론 굳게 문이 닫혀 있었다. 어디에도 전화번호 같은 게 나와 있지 않아 문 앞에서 한참을 두리번거리다 불 켜진 건너편 잡화점으로 갔다.

"저 앞에 대여점 전화번호 좀 알 수 있을까요?"

"전 몰라요."

다급한 내 말에 이상한 눈빛으로 쳐다보던 주인 남자는 야멸차게 모른다며 시선을 돌렸다. 여기까지 와서 어쩌나 기운이 다 빠진 채 주변을 살피는데 소울이가 말했다.

"엄마, 저기 옆집 문 연 거 같아. 저기 가서 물어보자."

그래, 저곳이라면 알지도 몰라. 아이 손을 잡고 오멘이라는 이름의 우동집으로 들어가 상황을 설명했다.

"대여점에 모자를 두고 와서요. 이제 생각나 찾아오니 문을 닫았네요. 전화번호를 알 수 있을까요?"

"아 그러세요. 바로 알려드릴 순 없고, 제가 대여점 주인과 통화를 해볼게요. 옆 가게라 연락처를 알고 있어요. 잠깐만 기다리세요."

고마운 우동집 사장님은 대여점 주인과 통화를 했고, 내가 묵고 있는 호텔 연락처를 그들에게 전해줬다.

"내일 대여점 직원이 호텔로 전화를 할 거예요. 시간 약속하고 다시 오시면 될 거 같네요. 그리고 이 팸플릿은 우리 상점가 연락처가 나온 것인데 필요하면 한 장 가져가세요. 여기가 우리 우동집이고, 이 옆이 대여점이네요."

이렇게 고마울 데가. 귀찮을 법도 한데 우동집 주인아저씨는 꼼꼼하게 팸플릿을 챙기고, 자신의 연락처도 적어줬다. 혹시 연락이 안 되면 자기한테 전화를 하라면서. 우리는 그 우동집에서 저녁을 먹기로 하고 제일 비싼 정식과 생맥주 한 잔을 주문했다. 그리고 그날 가모가와 선술집보다 예약해야 갈 수 있다는 가이세키 요릿집보다 훨씬 맛있는 저녁을 먹었다.

다음 날 다시 교토에 와야 하지만, 처음부터 이 여행은 교토를 보기 위한 것이었다고 생각하니 마음이 편했다. 올 때와는 전혀 다른 마음가짐으로 느긋하게 맥주를 한잔하며 직접 만들었다는 쓰케모노와 고소한 덴푸라, 탱탱한 면발이 쫄깃한 우동을 배부르게 먹었다. 한 번 더 고맙다는 인사를 하고 나와 다시 교토역에 도착했다. 모자를 찾아가진 못했지만 밤바람에 괜히 기분이 상쾌해졌다.

한국이라면 전화 한 통으로 해결될 문제였다. 지도를 검색해 전화번호를 찾고 전화를 해서 택배로 물건을 되돌려 받으면 될 일이었다. 그러나 그리했다면 심장이 터질 것처럼 달려 돌아온 길을 짚어가거나, 친절한 식당 주인을 만나거나, 따뜻하고 맛있는 오래도록 기억에 남을 저녁식사를 할 기회가 없었겠지.

다 안다는 건 슬픈 일이다. 전부 익숙하다는 것도 서글프다. 해결책을 빨리 찾아내는 것도 상황 판단이 쉬운 것도 수습을 잘하는 것 또한 어찌 보면 애처로운 일이다. 세련됐지만 더 이상 젊지 않다는 뜻이기 때문이다. 잠깐이지만 여행은 아직도 내가 알아나가야 할 게 많음을, 낯설게 부딪혀야 할 것이 존재함을 일깨운다. 그래서 참 좋다. 특히 이렇게 아이와 함께 하나씩 문제를 해결해나갈 때 더 좋다. '모든 걸 다 아는 엄마'라는 계단에서 내려와 "나도 사실은 너처럼 아는 게 별로 없어."라고 부끄럽지 않게 고백할 수 있다.

"엄마, 그래도 모자를 찾아서 다행이야. 엄마 그 모자 진짜 잘 어울렸어. 내가 좋아하는 우동도 먹고. 다시 오길 잘했다. 그렇지?"

응, 다행이야 소울아. 엄마도 실수를 한다는 걸, 어떤 일을 해결하기 위해서 발바닥에 땀이 나게 뛰어야 하는 사람이라는 걸, 너처럼 엄마도 아직 배워야 할 게 많다는 걸, 그러니까 우리는 같이 성장해나가는 거라는 걸, 너도 나도 알게 돼서. 그리고 계속해서 엄마의 큰 얼굴을 가릴 수 있게 돼서 그래서 참 다행이야.

교토

되찾은 단 하나의 소원

옷차림에 따라 태도가 달라진다더니, 소울이는 종일 요조숙녀였다. 처음 입어보는 기모노가 불편할 법도 한데 군소리 없이 다닌 걸 보면 이제 조금 '언니'가 된 것인가. 하긴 우리 딸은 언제나 새로운 경험에 불만이 없었다. 종종 걸음으로 주말의 기온 거리를 헤치며 너 참 좋은 아이라고 칭찬을 해줬다. 아이는 "이걸 내가 계속 입고 살 것도 아니고, 이제 곧 벗을 거잖아. 조금 불편하지만 그래서 괜찮아."라고 했다. 작은 일에 흔들리지 않는 게 진짜 '언니'가 된 것인지, 아니면 원래 저 아이의 천성인지 모르겠지만 어쨌든 그런 아이를 키우는 엄마는 여러 가지로 매우 편하다.

기모노로 갈아입고 제일 먼저 찾아간 곳은 후시미이나리였다. 후시미이나리, 후시미이나리, 후시미이나리. 몇 번을 반복해도 외워지지 않던 이름. 영화 〈게이샤의 추억〉의 촬영 배경이 되었다는 곳. 새빨간 도리이가 끝없이 이어진 신사. 기모노를 입고 지하철을 타고 남쪽에 있는 신사 후시미이나리.

기온에서 지하철을 타고 대여섯 정거장쯤 지나니 여우가 새겨진 간판에 이나리역이라고 쓰여 있었다. 이곳 신의 전령이 여우라더니 역을 시작으로 곳곳에 있는 여우상이며 그림이 우리를 새빨간 도리이로 안내했다. 상업의 신을 모시는 이나리 신사의 총본사답게 곳간 열쇠를 물고 있는 여우의 상이 그중에서도 가장 늠름한 모습이었다.

역에서 시작되는 짧은 마을길을 걸어 작은 천을 건너 좌우 기념품 가게가 늘어선 골목을 지났다. 드디어 신사. 사람들의 물결에 휩쓸리면서 도착한 그곳은 시작부터 붉었다. 커다란 붉은 도리이를 지나 경내로 들어서니 그 유명한 센본토리이다. 센본, 천 개의 도리이가 연결되었다는 그곳엔 이미 천 개가 훌쩍 넘는 도리이들이 눈에 보이지 않는 꼭대기까지 가득했다.

울컥울컥 산소를 옮기는 핏줄처럼 그 길고 긴 도리이는 사람들을 집어삼키고 뱉어내기를 반복했다. 소울이와 나는 손을 꼭 붙잡고 혈관 같은 붉은빛깔 속으로 빨려 들어갔다. 신령스럽기까지 했던 처음의 느낌과 다르게 오르면 오를수록 친근하고 따듯했다. 쉴 새 없이 스치는 사람들 때문이기도 했지만, 붉은 빛이 그리고 그 붉은 기둥 위에 하나하나 새겨진 수많은 사람들의 기원의 힘이 그 안에 맴돌았다. 몇 년 어디의 누구, 각자의 기원을 담아 세운 도리이를 하나하나 지나며 온몸이 뜨거워질 만큼 간절한 나의 소원도 그곳에 떨궜다.

"건강하게 해주세요."

부자가 되게 해준다는 상업의 신이지만 다 똑같은 기원이 지루해 어쩌면 나의 소원을 제일 먼저 들어줄지도 모른다는 그런 마음으로 걸음을 옮길 때마다 '소울이가 다시는 아프지 않게 해주세요' 하고 나의 기도를 남겼다. 들어갔던 곳으로 되돌아 나왔을 때 어느새 아이를 향한 나의 욕망은 바람이 빠져 사라지고 있었다.

여러 번 그랬다. 멀쩡하게 두 다리로 걷는 것만으로 감사했던 아이가 앞서기를, 잘나기를, 특별하기를, 시도 때도 없이, 어느 땐 끝이 있는 줄 모르고 바라고 또 바랐다. 그럴 때마다 한 번씩 오래된 도시를 걸으며 오래전 단 하나의 소원을 기억했다. 앞으로도 물론 여전히 틈만 나면 욕망이 기승을 부릴 것이다. 잘 안다. 그래도 이렇게 어디든 떠나와 그것 자체로 행복하다는 걸 깨닫는 순간을 만날 때마다, 애초에 단 하나뿐이었던 소원을 기억해낼 때마다 부질없는 욕망은 사라질 것이라는 걸. 그 또한 잘 알고 있다.

교토

우리가
탄
열차

"뚜 뚜 뚜 뚜

추리의 저주

타임머신 : 오로라 사차원, 선정이, 오민아, 외국 캔디

네잎 클로버 : 박소희, 박소연, 박민재, 이나연, 이나희

Top 3 소설 : 추리의 저주, 살인쪽지 등

저주 소설 탄생 : 시간의 저주

판타지 소설 : 타임머신

슬픈 소설 : 네잎 클로버"

모자를 찾으러 교토에 다녀오는 길, 다시 고베로 돌아가는

열차 안에서 수첩을 빌릴 수 있겠느냐고 하더니 무언가 한참을 끄적거렸다. 한참 동안 창밖도 보고, 턱에 손가락을 얹고 고민도 했다. 한참 뒤 절대 보지 말라고 신신당부하며 수첩을 건넸다. 그러나 수첩은 나의 것, 메모하는 척 아이의 메모를 훔쳐봤다. 알 수 없는 글들이 잔뜩 쓰여 있다. 결국 모르는 척 물었다.

"아까 뭐 썼어?"

"새로 소설을 써보려고."

"어떤 걸 쓸 예정인데?"

"인기 많은 소설들(어린이 커뮤니티에 올라온 소설들)을 보면 주로 추리나 공포가 많아서. 나는 저주 소설을 써볼까 해."

"그렇구나. 그래서 이야기를 시작한 거야?"

"아니, 주인공들만 정했어. 주인공들 이름을 지어주면 얼굴이 상상이 되면서 진짜 살아 있는 것 같은 느낌이거든. 엄마는 뭐 써?"

"그냥 오늘 하루 있었던 일. 어제부터 모자 찾는 것 때문에 동분서주했잖아. 오늘 이렇게 우리 옷을 입고 다니니까 어제 기모노 입고 걸었던 길인 데도 전혀 다른 길처럼 새롭더라. 그래서 그런 얘기 생각나는 거 메모했어."

"와, 멋있다. 나도 집에 가면 꼭 새 소설 쓸 거야."

"잘 되길 바라."

"고마워."

우리 대화는 늘 그렇듯 "고마워."로 끝난다. 아이가 태어난 뒤 습관처럼 "고마워."라고 말했다. 그래서인지 아이도 늘 고마워로 끝을 맺는다.

생각하면 우리는 선순환의 열차에 올랐다. 아이가 문제없이 차분하고 다른 사람을 배려할 줄 알며 자기 일을 잘 해내는 게 아이의 천성인지 나의 교육 때문이었는지 모르겠지만, 알아서 잘하니 혼낼 일이 거의 없고, 엄마의 괜한 잔소리나 짜증을 듣지 않으니 아이는 스트레스 받을 일이 거의 없다.

사람들은 "아직 덜 커서 그래, 사춘기 돼봐. 지금이니까 여행도 따라다니지, 이제 조금 지나면 같이 안 다닐 거야. 더 키워봐, 애들 변하는 거 순식간이다."라고 하지만 내가 변하지 않는데 아이가 크게 변할까 싶고, 잠깐 이 열차에서 내리게 된다고 해도 정거장에서 충분히 쉬고 다시 올라타면 되지 않을까 뭐 그런 생각이 든다.

얼마 전 작은 일로 잔소리를 하다 깨달은 건데, 아이가 변한다면 그 시작은 분명 나 때문일 거다. 아이가 달라져서 내가 변하는 게 아니라, 엄마의 태도가 달라져서 아이가 변하는 거다. 사소한 일이었는데 옷에 무얼 흘렸다. 예쁜 옷으로 차려

입혀 여행길을 나섰는데, 나오자마자 토스트를 먹겠다고 서두르더니 앞섶에 소스를 잔뜩 묻혔다. 갑자기 열이 뻗쳐 잔소리를 하다 생각하니 예전엔 이런 일이 아무것도 아니었다. 여벌 옷을 당연히 챙겨 다녔고, 아이니까 흘릴 수도 있다고 편하게 생각해 그냥 넘어갔던 평범한 일이었다. 그런데 다 큰 게 칠칠치 못하게 저렇게 흘리고, 하는 생각이 들자 화가 솟구쳤다. 아이 입장에서는 이게 뭐라고 별일 아닌데 꼭 이렇게까지 잔소리를 들어야 하나 싶었을지도 모른다. 갑자기 달라진 엄마의 태도에 어리둥절하고, 심하면 반항심이 들 수도 있다.

자랄수록 사랑과 이해보다 기대만 커지니 어린 시절 듬뿍 받던 사랑에 목마를 것이고, 충족되지 않아 달라지기도 할 텐데, 어른들은 거봐 변했어, 변하잖아, 뭐 그러는 게 아닐까? 선순환의 열차를 오래도록 타는 방법은 결국 나에게 달려 있다.

"소울아 근데 왜 제목이 '시간의 저주'야?"

"제목이 멋있어서 일단 그렇게 지었어. 어, 그런데 엄마가 그걸 어떻게 알아?"

"응?"

"내 거 봤지?"

"보면 좀 어때. 우리 사이에. 엄마 수첩에 써줘서 고마워. 하하하."

세상에
있는
공짜

고베 시티 루프 버스는 훌륭했다. 거기서 거기이긴 하지만 그래도 걷기엔 좀 먼 거리들을 죽 모아서 고베 중심을 한 바퀴 돈다. 게다가 둥근 밀짚모자를 쓰고 하얀 원피스 위에 민트색 재킷을 입은 안내원 언니는 애니메이션에서 방금 튀어나온 것 같았다. 호텔 바로 앞에 버스 정류장이 있었는데 그곳에서 세 밤을 잘 동안 왜 한 번도 안 탔을까. 돌아갈 날이 되어서야 제대로 이용하다니.

일일패스가 아이와 나, 두 장에 990엔. 만 원 정도로 하루 종일 고베 이곳저곳을 돌아다닐 수 있다. 호텔 앞 정류장에서 타면 다음이 바로 기타노이진칸이다. 남편이 고베에 도착하자마자 떠나야 해서, 그전에 급하게 둘러봤던 곳이다. 중심가 산노미야에서 조금 떨어져 있지만 그곳 호텔을 잡은 것도 기타노이진칸 때문이었다. 기타노이진칸은 옛 개항기 때 외국 대사관들이 모여 있던 곳으로 아직까지도 서양식 일본집들이 모여 있어 이국적인 느낌이 강하다. 영국대사관을 개조해 만든 셜록 뮤지엄부터 각종 갤러리까지 예쁜 공간에서 예쁜 것들을 구경하기 좋다. 그중에서도 가장 유명한 건 옛 건물을 그대로 살린 스타벅스다. 세계에서 이색적인 스타벅스 중 하나인 기타노이진칸의 스타벅스는 삐걱거리는 바닥도 오래된 테이블도 그대로다. 빈티지한 이국의 느낌 때문에 관광객들로 늘 붐빈다. 골목골목 재미있는 상점도 많고, 고베 첫날 온 가족이 마지막으로 재미있게 다녔던 거리다.

기타노이진칸을 지나 산노미야를 거쳐 우린 모토마치에 내렸다. 일본 3대 차이나타운 중 하나라는 차이나타운을 구경하고 다이마루 백화점에 들러 부엌용품을 좀 샀다. 일본을 여행할 땐 부엌용품을 눈여겨본다. 요긴하게 쓸 만한 것들을 한국보다 훨씬 저렴하게 살 수 있어서다. 마침 다이마루 백화점 리빙코너에서 일본 식기들을 세일하고 있었다. 이것저것 구경하다 히노키 밥통을 하나 샀다. 료칸이나 일본 가정식 식당에서 밥만 내올 때 쓰는 동그란 나무통. 손님이 잦은 집이라 술상을 보거나 바비큐를 할 때 밥만 따로 담아내면 좋을 것 같아 하나 장만했다. 어떻게 해야 오래도록 잘 쓸 수 있는지 판매원에게 물었다. 둥글둥글한 얼굴의 인상 좋은 아주머니가 친절하게 설명해줬다.

"물에 씻자마자 마른 수건으로 닦아내고 햇볕에 잘 말려주는 게 중요해요. 쓰다보면 통 안쪽 가장자리가 검은색을 띠기도 하는데, 몸에 아무 문제없으니 너무 걱정하지 않아도 돼요."

설명을 마치고 포장을 하더니 옆 계산대 아줌마와 수줍게 웃으며 다시 말을 걸었다.

"한국 분이세요?"

"네."

"우리 한국 드라마 정말 좋아해요. 서울도 두 번이나 다녀왔어요."

"와, 저도 일본 드라마 좋아해서 도쿄 가고 그랬어요."

"그래요? 한국 드라마가 훨씬 재미있는데. 저는 김수현을 좋아하고, 이 사람은 지성을 좋아해요. 너무 반가워요."

무슨 김수현이나 지성 피붙이라도 만난 것처럼 수줍어 어쩔 줄 몰라하며, 한류스타인 양 잘해주는 통에 나도 끝까지 미소를 띠며 대화를 나눴다.

"이렇게 친절하게 해주셔서 감사해요. 설명도 잘해주시고.

여기에 밥 맛있게 담아 먹을게요."

"네, 즐거운 여행하세요."

나무 밥통이랑 주걱 사면서 잘생긴 남동생을 둔 누나처럼 어깨가 으쓱했다. 한류 끝났다, 한국 드라마는 아줌마들이나 좋아한다며 비아냥대는 시선이 많지만 그러면 좀 어때. 이렇게 재는 거 없고 따지는 거 없이 누군가에게 호감을 느끼고 친절할 수 있는 삶이 또 얼마나 아름다워. 김수현과 지성을 흠모하는 일본 아주머니들 덕에 기분이 한껏 좋아져서 소울이와 더 재미있게 고베 구경을 했다. 미뤄뒀던 포트 타워와 메리켄 파크도 시티 루프 버스 덕에 편하게 둘러볼 수 있었다. 다음에 고베에 오면 여길 가고 또 저길 가고, 이렇게 대충 다음을 기약하며 고베를 익혔다.

마지막으로 시티 루프 버스를 기다리는데 돌아가 해야 할 일들이 떠올랐다. 이거 하고 저거 하고 언제까지 원고 쓰고 준비하고 혼자 중얼대며 스케줄을 정리하는데 소울이가 물었다.

"엄마 가서 또 일해?"

"그럼 잘 놀았으니 이제 또 일해서 벌어야지. 세상에 공짜가 어디 있어."

대답을 들은 소울이가 목을 끌어당기더니, 갑자기 입에 쪽 하고 뽀뽀를 했다.

"여기 있잖아 공짜. 내 뽀뽀."

새빨간 립스틱이 옮겨 묻은 입술로 활짝 웃는 소울이를 보며 다시 한 번 내 인생의 공짜 선물에 감사했다. 그저 낳았을 뿐인데 알아서 자라는 아이 덕에 행복했던, 앞으로도 행복할 많은 시간들.

"공짜 선물 우리 딸. 이번 여행도 덕분에 매우 즐거웠어. 다음에 또 함께 떠나자."

"응, 언제든지!"

이 할머니를 만날 줄 알았다면 늙은 호박 하나 사오는 건데. 유니버설 스튜디오 재팬은 한밤의 퍼레이드까지 종일 보고 즐길 것들이 가득했다.

고베규로 대동단결. 세상에서 먹는 게 제일 좋은 작은 김씨와 유명 관광지보다 맛있는 음식이 우선인 큰 김씨. 마구로돈과 고베규 먹으러 구로몬 시장가는 길, 크고 작은 김씨들은 그 어느 때보다 환하게 웃었다.

타임슬립은 드라마나 영화에만 있는 것이 아니었다. 옷만 갈아입었는데 나는 어느새 천년 전 교토의 거리를 거닐고 있었다.

오후만 되면 덧없이 쓸쓸해진다. 하교길, 퇴근길이 늘 오후를 거쳤으니 '돌아가야 할 시간'이라는 느낌이 크다. 하지만 여행지의 오후는 대낮보다 아름답다. 가슴에 담을 만한 풍경이다. 그래서 쓸쓸하기보다는 따뜻하다. 그 어느 곳보다 훌륭했던 고베와 교토의 석양은 지금도 꺼내 펼쳐보는 광경이다.

여행을 믿는다. 어떤 교육보다 여행이 주는 교훈이 크다고 생각한다. 여행을 통해 지금까지 많은 것을 배웠다. 사람들은 다 비슷비슷하게 살지만, 또 각자의 다름을 가지고 있다는 것. 그것을 인정하면 더 넓은 세계가 내 안으로 들어온다는 것. 평소에 깨닫지 못했던 보편적인 진리들이 여행을 통해 하나씩 내 삶 속으로 들어와 조금씩 성장시켜준다. 이번에도 역시 여행에 기대보기로 했다. 새로운 계절을 앞두고 우리 둘 다 성장할 수 있게 되기를 희망하면서.

어린아이와 단둘이 먼 길을 떠나는 건 언제나 모험이었다.

그래도 그 길을 멈추지 않았던 건 이유가 있다. 내가 여행을 통해 배웠듯 사람은 저마다 다르며 그 다름이 틀린 게 아니라는 것. 다르다는 건 자연스러운 것이고, 그걸 인정하며 살면 훨씬 행복하다는 것. 다른 건 몰라도 이것만은 꼭 가르치고 싶었다. 아니 가르쳐야만 했다.

유난히 까만 피부색 때문에 여기저기서 소리를 들었을 때만 해도 그럴 생각은 없었다. "애는 왜 이렇게 까매요?" 하고 말하는 사람들에게 "매력적이잖아요. 이효리가 하얗다고 생각해봐요. 어울리겠는지." 하고 웃어넘기면 그만이었다. 그러나 뇌수술을 마치고 얘기가 달라졌다. 아무렇지 않은 척했지만 예쁘게 해주겠다며 오리 인형 털을 가위로 잘라내는 아이를 보며 속상한 건 차라리 나았다. 민머리가 된 아이에게 "넌 여자애가 머리가 왜 그러냐?"라든가 "남자애야 여자애야?" 같은 말을 생각 없이 내뱉는 어른들. 배려할 줄 모르는 사람들. 나오는 대로 생각 없이 말하는 사람들이 세상엔 너무나 많았다. 머리카락은 자랐고 보기엔 감쪽같았지만 소울이는 평생 흔적을 안고 살아야 했다. 그때부터 다른 것이 이상하거나 틀린 게 아니라는 걸 가르쳤다.

"세상 사람들은 모두 달라. 소울이처럼 까만 사람도 있고 또 피부색이 하얀 사람도 있지. 소울이보다 더 까만 사람도 있고,

엄마처럼 노란 사람도 있어. 그런데 피부색에 따라 사람이 이상해지는 건 아니잖아? 익숙하고 하지 않고의 차이이지. 모두 다 자기만의 매력이 있는 거야. 흉터 있는 사람도 얼마나 많은데. 엄마 봐봐. 엄마도 등에 있지? 누구는 등에, 누구는 팔에, 누구는 다리에, 물론 없는 사람도 있고. 다 똑같을 순 없어. 그래서 정답도 없는 거고. 그러니까 그런 말에 너무 속상해하지 마, 소울아."

이런 얘기를 틈만 나면 반복했다. 좀 자라고 나서는, 세상 사람은 모두 다르니 나와 다르다고 이상하게 보거나 우스워해서는 안 된다는 것도 덧붙였다.

스페인 사람들은 낮잠을 잤고, 캘리포니아의 산은 노란색이었으며, 하와이에서는 알로하면 만사 오케이였다. 유럽에서도 나라마다, 일본은 일본대로 중국은 중국대로 같은 아시아라도 얼굴 생김이 달랐고, 인사말도 먹는 음식도 모두 달랐다. 그래도 그 사람들은 이상한 외계인이 아니었다. 그 안에서 우리와 똑같이 살고 있었고, 그 안에서 행복했다.

여행을 다녔다고 해서 아이가 영어를 유창하게 하거나, 창의력 넘치는 기발한 생각을 하는 건 아니다. 다양한 경험을 했다고 그것이 당장 어떤 결과로 표출되진 않는다. 다만 아이는 본능적으로 자기와 다른 사람을 인정하고 그들과 다른 자신을 있는 그대로 받아들인다. 그 덕에 여행을 떠나지 않을 때도 일상의 모든 시간들에 흠뻑 젖는다. 식탁에 달걀프라이만 있어도 박수를 치고, 특별한 일 없이 집에서 책을 읽어도 행복하다고 말한다. 여유롭게 책을 읽을 수 있으면 그래서 좋고, 밖에 나가 재미있는 일을 하면 또 그래서 좋다고 한다. 학교에 가면 친구들을 만나서 좋고, 집에 있으면 혼자 음악을 들을 수 있어서 좋단다. 동생이 없지만 방해받지 않아 좋고, 집에 동생인 어린 손님들이 오면 심심하지 않아서 좋다고 한다. 눈이 오면 눈이 와서, 비가 오면 비가 와서, 여름이면 여름대로, 겨울이면 겨울대로 좋아한다. 자기는 책을 좋아하지만 체육을 못하는 사람이고, 그래서 체육을 잘하는 친구가 성적이 그만큼 높지 않은 게 이상한 일이 아니다. 누구나 잘하는 게 따로 있고, 자기에게 없는 것을 가진 친구들을 인정할 줄 안다.

여행은 믿는 만큼 돌려줬다. 배신과 허무가 판치는 시대에 수익이 확실한 투자였다. 계속해서 우리 모녀는 우리와 다른 삶을 찾아 이곳저곳을 떠돌 것이다. 그리고 앞으로도 쭉 그들과 다른 우리의 삶 안에 깃든 행복에 감사하며 살 예정이다. 힘이 돼 준 남편 김영우 씨와 스스로 알아서 잘 자라주는 소울이에게 고마운 마음 가득이다. 의리로 끈끈한 출판사 클의 모든 분들께도 감사의 인사를 전한다. 언제나 그랬듯 앞으로도 클클대며 함께 성장하길 바라는 마음도 함께.

나의 동료인 엄마들이
자기만의 여행을 떠나길 기다리며

지은이 이재영

딸 소울이가 네 살 되던 해 첫 책을 내고 아이와 함께 여행하며 여행기를 쓰고 있는 에세이스트. 여행 경비 마련을 위해 여전히 삯글을 쓰고 있는 글노동자이자, 얼마 전 가평 시골에 작은 책방을 낸 책방 언니다.

여행으로 일상을 환기하고 여행이 일상을 치유한다는 믿음으로 여행을 무한 신뢰한다. 엄마들이 여행자의 눈으로 매 순간 여행처럼 살아갈 수 있기를 희망하며 계속해서 엄마와 아이 모두 행복한 여행을 소개하려고 한다.

이전에 《아이와 함께하는 서울 나들이》《예쁘다고 말해줄걸 그랬어》를 지었다.